たべっ子どうぶつ

登場人物紹介

LION
らいおんくん

たべっ子どうぶつのリーダー。
みんなを笑顔にする使命感をもっていて、
みんなを引っ張っていく気持ちが強いが、
勘違《かんちが》いされやすい。

PEGASUS
ぺがさすちゃん

奇跡《きせき》のような歌声をもつ、みんなのあこがれの存在。
白い翼《つばさ》で、空を自由に飛びまわることができるので、
ステージでも大活躍《だいかつやく》。

ELEPHANT
ぞうくん

いつも落ち着いていて、みんなから頼りに
されている。頭脳明晰《ずのうめいせき》で、作戦を立てるのが
得意。愛読書は、ミステリー小説。

CHICK
ひよこちゃん

最年少で、「ぴい」としかしゃべれない。
わにくんだけは、ひよこちゃんの
言葉を理解してくれる。願いは、
早く大人の鳥になること。

CROCODILE
わにくん

最年長で、発明家。彼の発明品は、たべっ子どうぶつの
ライブに欠かせない。気合を入れるときはサングラス着用。
趣味《しゅみ》は大型バイク。

CAT
ねこちゃん

いつもマイペースでクール。
自分の「カワイイ」はもっているけど、
それを出すのはちょっと恥《は》ずかしい
ツンデレな性格。

RABBIT
うさぎちゃん

SNSが大好きな、加工命の
ギャルインフルエンサー。

バエる写真は、すぐSNSにアップ！

好きな言葉は、

「はい！ ピョーズ☆彡！」

MONKEY
さるくん

イケてる「ラップ」で客席はアゲアゲ、
自意識高めのファンキーボーイ。
お気楽にみえるけど、
「やるときはやる」カッコいい一面も。

GIRAFFE
きりんちゃん

体は大きいけど、極度の怖《こわ》がり。
おしとやかな性格だけど、ピンチのときには
背中《せなか》に誰かを乗せて走ることも。
急に止まるのは苦手。

HIPPO
かばちゃん

最強のコミュニケーション能力をもち、
ここ一番で一発ギャグをしかける、
ムードメーカー。
誰《だれ》よりも愛情深く、誰よりも速く走れる。

たべっ子どうぶつ THE STORY

著
池田テツヒロ
絵
富樫一望

Gakken

池田テツヒロ

1970年生まれ、東京都出身。

主な著書に『行け！男子高校演劇部』（Linda BOOKS!）、『ミックスサンドイッチ』（徳間書店）など。

映画『劇場版パタリロ！』、ドラマ『吉祥寺ルーザーズ』などの脚本も手掛ける。

俳優として多くの映画・ドラマ・舞台で話題作に出演しており、俳優名義は池田鉄洋。

ブックデザイン／久保田紗代
編集／舘野千加子
編集協力／相原彩乃、北村有紀、黒澤鮎見、原郷真里子、藤巻志帆佳、関谷由香理
DTP／四国写研

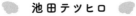

プロローグ

むかしむかし……と語りだすほど昔のことではない。あなたたちの両親の、そのまた両親が子どもだった頃の話だ。

ふたつの国が小さな領土《りょうど》を取り合い、戦争を始めた。人々は武器を手に取り、命や、ささやかな幸せすら奪《うば》いあった。

食糧《しょくりょう》は尽《つ》き、街ではわずかな配給を求めて人々が群《むら》がった。砂糖《さとう》は贅沢品《ぜいたくひん》とされ、配られる量はほんのひとつまみ。お菓子《かし》は街から姿《すがた》を消した。

やがて、子どもたちの笑顔が消え、そして大人も笑わなくなった。

人々は願った。

——笑顔を取《と》り戻《もど》したい。

すると奇跡《きせき》が起きた。人々の願いは叶《かな》えられたのだ。

戦闘機《せんとうき》が飛び交い、空襲警報《くうしゅうけいほう》が鳴《な》り響《ひび》く夜空に、尾を引くまばゆい光が落ちてきた。

人々は窓《まど》や木戸《きど》を閉め、明かりを消し、身を寄せ合った。だがその光は、木戸の隙間《すきま》から部屋の中へと忍《しの》び込《こ》み、人々の不安げな顔を煌々《こうこう》と照らした。

そして——地響《じひび》き、爆発音、衝撃波《しょうげきは》が家を揺《ゆ》らした。死を覚悟《かくご》して抱《だ》き合《あ》っていた人々は、

30分、鳴り止まぬ地鳴りを不思議に思い、おそるおそる窓辺へ近づいた。

窓の向こうには、見慣れない光景が広がっていた。漆黒《しっこく》の闇《やみ》に浮かんでいたはげ山——通称カヌレ山が、今や火口からピンク色に光る溶岩《ようがん》を、どくどくと湧《わ》き出《だ》している。その見た目はまるで、イチゴ味のチョコファウンテンだった。

火口から吹《ふ》き上《あ》がる噴煙《ふんえん》はキラキラと光り、その輝《かがや》きに照らされた街は、まるで昼間のように明るかった。異様なその光景を言い表す術《すべ》を、誰《だれ》も見つけられなかった。だが、親の背中越《せなかご》しに外をのぞいた幼子《おさなご》が、ぽつりと言った。

「カワイイ……」

そのカワイイ光景は、夜が明けるまで輝き続けた。


日が昇《のぼ》り、街に出た人々は、路地《ろじ》に積もった火山灰《かざんばい》を手にすくい、驚《おどろ》きに目を見開いた。

カヌレ山は活火山だ。噴火は珍《めずら》しくない。月に1度、多い時には3日に1度。気まぐれに噴火しては、灰を街に積もらせる。しかし、今日の灰は違った。ほんのりピンクがかった透明色《とうめいしょく》で、太陽の光を取り込み、チカチカと瞬《またた》いていた。その見た目は、まるで砂糖。

「これってまるで……」

誰かが言いかける。だが、すぐにかぶりを振《ふ》った。なにせ火山の火口から降ってきたのだ。どんなに見た目がそう見えても、砂糖のはずがない。

「なにしてるの！」

母親らしき女性が、手のひらの灰《はい》に顔を近づけ、なめようとする少年を叱《しか》りつける。

「でも、すごくいいにおいなんだよ。あまくておいしそう。これ、絶対にお砂糖だよ！」

その言葉を聞いていた人々は、おそるおそる灰をつまみ、口に入れた。

唾液腺《だえきせん》が絞《しぼ》られる。人々は思わず顔をしかめ、次にやってきた歓喜《かんき》の波に、涙《なみだ》を流した。

「……あまい」

そうそれは、人々が求め続けた、甘《あま》い砂糖だった。

それから、降り積もる砂糖を集め、街の人はお菓子を作った。

街から立ちのぼる煙《けむり》は、廃油《はいゆ》や硝煙《しょうえん》の匂《にお》いではなく、甘く香ばしい香りに変わっていく。

クッキー、キャンディ、ビスケット、メレンゲ、水あめ、パウンドケーキ――。どこに隠《かく》していたのか、小麦粉《こむぎこ》やバター、牛乳と卵。貴重な材料をふんだんに使い、お菓子《かし》を作りだした。

人々は、今すぐにでも口にしたい気持ちをぐっと押《お》さえて、お菓子を分け合った。母から子へ、子から父へ、父から母へ、そして隣《となり》にいた見知らぬ人へも、人々は、作り上げた貴重なお菓子を手渡《てわた》し、分け合い、食べた。

「おいしい」「わあ!」「おいしい」

「ママ、パパ」「ん?」「おいしいね」「うん」「おいしいね」

「お菓子って……」「おいしいねえ」

何年かぶりに、街に笑顔があふれた。


戦争は終わった。正しく言えば、戦争どころではなくなった。

カヌレ山から降り続ける砂糖は、兵器の隙間《すきま》という隙間に入り込み、繊細《せんさい》な機械同士をくっつけてしまった。戦車は動かなくなり、戦闘機《せんとうき》は飛べなくなった。銃《じゅう》の内部で砂糖は固まり、もはや撃《う》つことすらできない。兵士たちは、無用《むよう》の長物《ちょうぶつ》となった銃を置き、代わりに雪かき用のシャベルを手にした。砂糖をかき集める作業は、かなりの重労働で、朝から陽《ひ》が暮《く》れるまで続けても、降り積もる砂糖のほうが多いほどだった。

砂糖と戦う日々が始まった。

集めた砂糖を利用して、人々はせっせとお菓子を作り、そして街にお菓子があふれた。

洋菓子店のかまどにも火が戻《もど》り、焼き菓子やケーキがショーケースに並んだ。

製菓業《せいかぎょう》はフル稼働《かどう》。人気商品や新商品が次々と発売された。

わんぱく少年が描《えが》かれたパッケージのアイス。

にっこり笑う星がトレードマークのチョコスナック。

陽気なおじさんがCMキャラクターのコーンスナック。

そして、愛くるしいどうぶつたちがパッケージに描かれたビスケット。

子どもたちは公園に集まり、皆で分け合い食べるために、持参したお菓子を出し合った。それは、戦争を経験した彼らにとって、あまりにも久しぶりの行為《こうい》で、最初は秘密《ひみつ》の儀式《ぎしき》めいたぎこちなさだったのだが、お菓子を分けるという行為はとても自然で、すぐに彼らは勘《かん》を取《と》り戻《もど》した。笑顔が広がり、声が弾《はず》む。お菓子パーティーの輪は、ワイワイガヤガヤと、おおいに盛り上がった。

「ねえ！　この、たべっ子どうぶつって、おいしいよ！」

「ちょうだい！」

「なんか、文字が書いてある」

「L、I、O、N……って、なんだろ」

「それはライオンだよ」

「へえ……（パクッ）……わ、おいしい！」

感動の直後、こどもたちが一斉《いっせい》に言葉を飲み込んだ。

皆が見つめる先に、たべっ子どうぶつの、らいおんくんが立っていた。

「やあ！　ボク、らいおんくん！」

まるまるとした顔の真ん中に、黒光りした大きな鼻。鼻すじはなぜか緑色。瞳《ひとみ》は、顔の大きさに見合わない小ささで、口はネコ科特有の形に丸まって、にへらと笑っているような印象を与《あた》える。大きなたてがみは、子どもが描く花のようにひろがり、大きな頭をますます大きく見せている。胴《どう》にくびれは見当たらず、上から一直線に下の足までつながっていた。皆に向けて伸《の》ばしている手（どうぶつだから前足？）には、思わず触《さわ》りたくなるこんもりとした肉球がある。ただ、鋭《するど》い爪《つめ》は引っ込めているのか見当たらない。たべっ子どうぶつのパッケージから飛び出してきたそのままの、リアリティや緊張感《きんちょうかん》というものを、すべてそぎ落とした存在がそこにいた。

「あれ？」

注目を一身《いっしん》に浴びた彼は、子どもたちの顔を見てドギマギとしている。

「ボク、なんか変なこと、言った？」

それは、始まりに過ぎなかった。

カヌレ山から降ってきた砂糖で作られたお菓子《かし》を食べると、そのお菓子のパッケージに描《えが》かれたキャラクターが、姿《すがた》かたちをともなって、食べた人の前に現れるようになったのだ。

街にはお菓子のキャラクターがあふれた。彼らのおどけた表情、ぎこちない動作、無垢《むく》な言動に、子どもたちは大笑いし、それを見た大人からも笑みがこぼれ、街には笑顔があふれた。

そして、街の総人口の30パーセントまでに増えた彼らは、いつしか『オカシーズ』と呼ばれるようになったのだ。

おかしな隣人《りんじん》の登場に、街は大混乱。人間たちは翻弄《ほんろう》され、再《ふたた》び武器を取る余裕《よゆう》も暇《ひま》もない。

そして、戦争はなし崩《くず》し的《てき》に終結した。

争っていたふたつの国は、和平を実現し国をひとつにした。

新たな国の名前は、『スイーツランド』。

これから語られる物語は、それから約50年後の、スイーツランドでのお話だ。

第 1 章

『たべっ子どうぶつ』は、オカシーズのスターだ。

人気者という意味だけではない。彼らは世界中の人々が注目するアイドルグループなのだ。歌って踊《おど》れて、なおかつプリティーなダンスボーカルユニット。それが『たべっ子どうぶつ』。

構成メンバーは、メインボーカル兼《けん》リーダーのらいおんくん。ラッパーのさるくん。ビジュアル担当は、インフルエンサーとしても活躍《かつやく》するうさぎちゃん。ブレイクダンスが得意なねこちゃんとは、ダンスパートでもいいコンビだ。長い首でひときわ目立つきりんちゃん。乙女《おとめ》なかばちゃんは、コーラス担当。冷静沈着《れいせいちんちゃく》なぞうくんは、みんなの頼れるマネージャーも兼《か》ねる。機械いじりが趣味《しゅみ》のわにくんは、コンサートで使う機材を開発し、オペレーションまで担当している。歌うことはないけれど、彼の大きな口の中にある歯は、ひとつひとつが鍵盤《けんばん》になっていて、曲の演奏《えんそう》が可能だ。ちなみに、『たべっ子どうぶつ』の曲は、ほとんどわにくんが作曲している。ひよこちゃんは、見習いメンバーで、まだ歌うこともしゃべることもできない、まさに「ひよっこ」なのである。それが証拠《しょうこ》に、という訳《わけ》ではないが、頭にまだ卵の殻《から》がのっている。

ビスケットのパッケージにもなっている彼らが、たべっ子どうぶつのメンバー。

そんなたべっ子どうぶつを、ワールドクラスの人気者に押《お》し上《あ》げたのは、天翔《あまか》けるディーバ、ぺがさすちゃんだった。

ぺがさすちゃんは、背中に大きな翼《つばさ》がある。その翼をはためかせて、飛ぶことができるのが、他の馬とは違《ちが》うところ。おまけに、キラリと光る美しい角《つの》が額の真ん中に生《は》えている。実在の動物がもとになっているのが、たべっ子どうぶつなのだが、彼女は特別。伝説上の生き物である、ペガサスがモチーフになったオカシーズなのだ。

その点だけでも特別な存在なのだが、彼女は抜群《ばつぐん》に歌が上手《うま》かった。ぺがさすちゃんが歌いだすと、誰《だれ》もが手を止めて、聴《き》き入《い》ってしまうほどに、魅力《みりょく》ある声の持ち主なのだ。

彼女がメンバーとして加入したのは約2年前。すでに人気があった『たべっ子どうぶつ』は、ぺがさすちゃんの加入を機に一気にファンを増やし、ワールドツアーができるまでになった。それはもちろん、彼女の力なのだが、らいおんくんとのライバル関係がうまく作用したと見るべきだろう。結果、ワールドツアーは各国各所、満員の大成功を収めている。

ズドドン！

地鳴りのような轟音《ごうおん》が響《ひび》き、金色に輝《かがや》くフィルムが、アリーナを埋《う》め尽《つ》くす観客の頭上に発《はっ》射《しゃ》された。夜空に乱反射《らんはんしゃ》した光が瞬《またた》き、会場のボルテージをいっそう高める。

らいおんくんたちたべっ子どうぶつは今、ヨーロッパツアーの最後の地、イギリスのウェンブリー・スタジアムのステージにいた。

――ペンライトがキラキラしてキレイ。ボクの歌を聴《き》いて、大勢の人が笑顔になっている。

らいおんくんはステージの上から観客席をながめ、いつもうっとりしてしまう。

今、彼が歌っているのは『Dream Animals《ドリーム アニマルズ》』だ。アップテンポなビートに合わせて、さるくん、ねこちゃん、うさぎちゃんが飛び跳《は》ねると、かばちゃんは、その大きな体に見合わない激しさで、ステージを右から左へと全力疾走《ぜんりょくしっそう》する。ちなみに野生のカバは、時速30キロで走れる。人間が走る速度は一般的に15キロ程度なので、驚異的《きょういてき》なスピードだ。

らいおんくんは歌いながら、アリーナの真ん中に設置されたセンターステージ（通称《つうしょう》デベソ）に向かって移動し始めた。花道を歩きながら、らいおんくんは会場全体へのファンサを忘れない。ペンライトや推《お》しうちわを持ったファンたちは、「目が合った」と喜び、歓声《かんせい》を強くする。

曲のテンポが上がる。

らいおんくんは速度を上げて、センターステージへ向かって全力疾走した。

メインステージでは、きりんちゃんが頭を勢いよく回旋《かいせん》させて、頭にしがみつくひよこちゃんを、「ぴいいいいい!」と絶叫《ぜっきょう》させている。ねこちゃんとうさぎちゃんの一糸乱《いっしみだ》れぬキレッキレなシンクロダンスがキマると、その頭上ではさるくんが大きく跳躍《ちょうやく》し、見事な着地を決めて客をわかした。

そんな彼らのパフォーマンスを横目で見ながら、らいおんくんはあきれた。

——まったく！　今は、ボクの見せ場なのにさ！

アリーナの真ん中に設置されたセンターステージは、らいおんくんの到着《とうちゃく》を待ちかまえていた。

ぞうくんが、センターステージの下で、らいおんくんの到着を待ちかまえていた。ぞうくんは足下にあるバケツに鼻を突《つ》っ込《こ》んで、一気に吸《す》い上《あ》げると、たっぷりあった水は底をついた。

らいおんくんが、床《ゆか》を蹴《け》って大きく跳躍する。それを見たぞうくんは、口いっぱいに含《ふく》んだ水を鼻から強く吹《ふ》き出《だ》して、センターステージ上空にミストシャワーを噴射《ふんしゃ》した。ステージライトが細かい水の粒子《りゅうし》に反射して、らいおんくんの上に美しい虹《にじ》を架《か》けた。

らいおんくんがセンターステージに着地したと同時に、曲は盛り上がりの頂点に達した。

わっと歓声が起こる。らいおんくんは両手を広げてその声に応えた。会場のすべての目が、らいおんくんに注がれている。

その姿《すがた》を見たぞうくんは思わず、「すごい……」と声をもらす。

オカシーズは、生まれながらに、人を笑顔にする存在だ。

お菓子は人を笑顔にする。そのお菓子から生まれた彼らもまた、同じ使命をもつのだろう。

その中でも、らいおんくんは人一倍その使命感が強いのだと、ぞうくんは考えている。

――みんなを笑顔にしたい。

人を喜ばせるためならば、なんだってする。そしてその先に笑顔が生まれれば、らいおんくんは幸せなのだ。その揺《ゆ》るぎなき姿勢《しせい》を、ぞうくんは尊敬の目で見ていた。らいおんくんはまさに、たべっ子どうぶつのメインボーカル、スーパースターなのだ――。

そのらいおんくんの顔に、文字通り影《かげ》が差した。彼は頭上を見上げる。目を刺《さ》す照明たち。その光源をサッとさえぎる影がある。翼《つばさ》を大きく広げた形の影は、会場の上空をゆっくり弧《こ》を描《えが》くように旋回《せんかい》した。

観客の目が、らいおんくんからその影へと移動する。らいおんくんはそれを見逃《みのが》さなかった。

――来たな。邪魔《じゃま》ものが。

会場の上空を羽ばたいているのは、ぺがさすちゃんだ。彼女が、らいおんくんの頭上の虹《にじ》を突《つ》き破《やぶ》った時、ちょうど曲が変わった。

観客の視線が、ぺがさすちゃんに注がれる。

ぺがさすちゃんが歌いだすと、彼女の歌声が会場を支配した。

ぺがさすちゃんの歌声には、手の平にそっと舞《ま》い降《お》りる雪のような、はかなさと奥ゆかしさがある。らいおんくんの歌声が人々に勇気を与《あた》えるなら、ぺがさすちゃんの歌声は人々の心にそっと寄《よ》り添《そ》う。

らいおんくんとは違う魅力《みりょく》の歌声に、会場の全員が聞きほれた。

それが、らいおんくんには我慢《がまん》ならなかった。

——さっきまでみんな、ボクを見ていたのに！

今、明るく照らされているのは、頭上を飛ぶ、ぺがさすちゃんだけ。

らいおんくんはセンターステージにはいつくばり、下にいるぞうくんに話しかける。

「ぞうくん！　ちょっとインカム貸して！」

らいおんくんは、ぞうくんに向けて手を伸《の》ばした。

「いいけど、なんで？」

ぞうくんは頭に着けていた、スタッフと通信できる機械をらいおんくんに渡《わた》す。らいおんくんはそれを素早く装着《そうちゃく》して、メインステージに向かって走り出した。

「わにくん、聞こえてる？」

「どうしたわに？」

応答したわにくんは、メインステージ横でモニターを眺《なが》めていた。機材トラブルにも素早く対応できるわにくんは、スタッフとしても忙《いそが》しい。

モニターには今、羽ばたきながら歌うぺがさすちゃんが映っている。アリーナを低空飛行していたかと思うと、大きく羽ばたいて、スタジアムの最上階まで飛び上がった。

「例のもの、できてる？」

「例のもの？」

「あれだよあれ！　ビューッと飛べるヤツ！」

一週間ほど前、わにくんはらいおんくんに、ある頼《たの》まれごとをされていた。

「ぺがさすちゃんには聞いたわに？」

「……まだ聞いてない」

「わに？」

わにくんの目の前に、息を切らしたらいおんくんが現れた。

「それでもいいから！　今飛ばないと、ボク、泣いちゃう！」

小さな目をらんらんとさせて、わにくんに顔を寄せてくる。

「こればっかりは、許可できないわに」

そう言うわにくんの足下に、金色の物体があった。翼《つばさ》の真ん中にジェット噴射口《ふんしゃこう》が見えるそのマシンを、らいおんくんは見逃《みのが》さなかった。

「そこにあるじゃん！　チョーかっこいいっ！」

らいおんくんは、そのマシンに飛びついた。翼には背負《せお》うためのベルトがあり、らいおんくんはそれを一瞬《いっしゅん》で背負う。

「このボタンを押《お》せば飛べるんだね？」

言うが早いか、らいおんくんはボタンを押してしまった。瞬間《しゅんかん》、噴射口が火を噴《ふ》いて、高音とともにらいおんくんは姿《すがた》を消した。

「ぬわぁぁぁぁ！」

らいおんくんの叫《さけ》び声《ごえ》は、すぐに遠くなった。見届《みとど》けたわにくんは、努《つと》めて冷静に言い放つ。

「まだ、調整中だわに」

らいおんくんは、スタジアムがメダルチョコの大きさに見える高さまで、一気に飛び上がったかと思うと、マシンの噴射は急に止み、らいおんくんは急降下を始める。

「いやあぁぁぁ！」

観客はペがさすちゃんの美声に酔《よ》いしれていて、らいおんくんの危機には気がついていない。

「わにくん、らいおんくんがお客さんに激突《げきとつ》しちゃうよ！」

ステージ横までやってきたぞうくんが、息を切らせながら言う。

「大丈夫《だいじょうぶ》。高度維持装置《こうどいじそうち》は完成してるわに。地面に激突する前に、オートパイロットシステムが作動して、安全高度は維持するわに」

難解な言葉の羅列《られつ》に、ぞうくんは、なにがどう大丈夫なのか理解はできなかった。今はただ、わにくんのメカニックとしての腕《うで》を信じるしかない。ぞうくんは、祈《いの》るような気持ちで空を見る。落下するらいおんくんは、表情が見えるほど近づいていた。

らいおんくんの口の中やまぶたの奥《おく》にまで、圧力《あつりょく》を持った空気が入り込み、顔のひだというひだをぶるぶる震《ふる》わせて、絶叫《ぜっきょう》までもが震えていた。

「ぶばばあばあああばばあば！」

客席落下まで、あと5メートル！

「危ないっ！」

ぞうくんが、見ていられないと目を閉じた時、らいおんくんの翼《つばさ》はジェット噴射《ふんしゃ》を再開した。

クン！　とらいおんくんが地面と水平に角度を変える。アリーナを埋《う》め尽《つ》くす人々の、ほんの5メートル頭上を飛ぶ。らいおんくんはホッとして、ようやく息をついた。

だが、危機は終わらない。らいおんくんが進む先に、ぺがさすちゃんがいたのだ。

「ちょっと、どいてえ！」

ぺがさすちゃんが、らいおんくんに向かって叫《さけ》び、必死に翼を羽ばたかせた。

「そっちこそ、どいてー！」

2人は空中であわや激突というところを、スレスレで回避《かいひ》した。だが、らいおんくんが背負《せお》う翼が、ぺがさすちゃんにひっかかってしまった。2人は抱《だ》きつく格好《かっこう》で、回転しながら飛んで行く。そんな2人を、たべっ子のみんなは、サイドステージで見守っていた。

らいおんくんとぺがさすちゃんは、ぐるんぐるんと回転しながら、ついに巨大《きょだい》なLEDモニターに激突して大爆発《だいばくはつ》した。すると同時に、ステージに設置されたキャノン砲《ほう》から、金色のフィルムが、ドン！　と吹《ふ》き上《あ》がった。

「あーあ……やっちゃった」

マイクを切ったねこちゃんが、ぼそりと言う。

「大丈夫かしら」

きりんちゃんは長い首をすくめて、おそるおそるらいおんくんたちの様子をうかがっている。

すると、マイクを通したらいおんくんとぺがさすちゃんの声が聞こえてきた。

PEGASUS
LION
HIPPO

『おい、いいかげん離《はな》れろよ！』

『あなたのほうこそ離れなさいよ！』

どうやら2人は無事のようだ。きりんちゃんは、ふうっと安堵《あんど》の息をつく。

「こりゃ、とんでもないハプニングね」

うさぎちゃんが、スマホで会場を撮影《さつえい》しながら言う。

「でもさ、客席見てみろよ。みんなアゲアゲのノリノリだぜ！」

観客たちは皆、特大の笑顔だった。

さるくんが宙返《ちゅうがえ》りをして、「メーン」と腕《うで》を組む。

――まったく、お調子者なんだから。

ねこちゃんが、クールな目をさらに冷ややかにして、さるくんを見る。

――でもまあ、お客さんが喜んでくれているなら、それでいいか。

ねこちゃんはマイクの電源を入れ直して、客席に手を振《ふ》った。

「みんな、今日はありがとうー！」

ねこちゃんの笑顔に、客席はよりいっそう大きな声援《せいえん》を送った。

翌日《よくじつ》、たべっ子どうぶつたちは、機体に大きく、自分たちがデザインされたプライベートジェットに乗り込んでいた。行き先は、ワールドツアーファイナルの地、スイーツランド。そう、彼らの故郷《こきょう》である。

機内のたべっ子たちは、思い思いの場所でくつろいでいた。

「ついにワールドツアーもファイナルねん！」

かばちゃんが、ピンクの身体を、もふもふのカーペットに投げ出した。

きりんちゃんは長い足を折《お》りたたみ、リラックスした様子で座っている。

「やっとスイーツランドに帰れるね」

約１年前にワールドツアーへ出発して以来、一度も帰郷《ききょう》せず、ハードなスケジュールをこなしてきた彼らにとって、自宅に戻《もど》れる喜びは計《はか》り知《し》れないものだった。

床《ゆか》で腹ばいになったかばちゃんが、平泳ぎのアクションをしている。

「１年ぶりのわが家よん！　大きなプールでたっぷり泳ぎたーい！」

「はあ……」

窓際のロングシートに座るさるくんが、スマートフォンを見つめながらため息をついた。

きりんちゃんがそのため息を受け取ってたずねた。

「さるくん、どうしたの？」

「ハニーから返信がないんだ。１ヵ月も音信不通……」

床に寝《ね》そべっていたかばちゃんがパッと顔を上げ、ワクワクした視線《しせん》をさるくんに向けた。

かばちゃんは、こういう色恋系《いろこいけい》の話題が大好物なのだ。芸能ゴシップも噂話《うわさばなし》も大好きで、誰《だれ》かが悩《なや》んでいると、「ワタシに話してみない？」とグイグイくる。

「あら、もしかしてフラれた？」

にやりと笑うかばちゃんは、ポシェットからあめ玉を取り出す。

「かわいそう！　あめちゃん食べる？」

「フラれる？　いやいやいや、それはない。だって……オレだぜ」

「オレだぜ？」

きりんちゃんが聞き返した。

「だってオレはカッコイイ！　フラれるなんてきっとナイ！　だけどキミから返信ナイ？　オレは寂《さび》しくグッドナイ……」

さるくんは、悲観的な感情をラップにのせて、自らドツボにハマってしまった。

「ああもう！　バーに行ってくる！」

窓際のロングシートに寝そべるねこちゃんが、うつらうつらしていると、うさぎちゃんが横に勢いよく飛びこんできた。

「撮《と》るよー。ハイ、ピョーズ！」

うさぎちゃんは、手際《てぎわ》よくスマホを構え、自分とねこちゃんに向けて自撮《じど》りをパシャリ。

――いや、撮っていいって言ってないけど。

ねこちゃんは思うが、正直どうでもいい。うさぎちゃんは、暇《ひま》さえあれば写真を撮り、それをSNSにアップするのが日課だった。

ねこちゃんも、「キレイに撮ってよ」と適当につきあう。

うさぎちゃんは、スマホに指を置いて素早く動かした。スマホの画面に映ったのは、ギョッとするほどのデカい目と、長いまつげのギャル風な2人。

「いや、それ、盛りすぎ」

けだるそうに言うねこちゃんに、うさぎちゃんはすかさず返す。

「加工命よん」

うさぎちゃんは指を素早く動かし、画像を仕上げていく。

ねこちゃんは不思議に思う。そもそも無加工の顔を皆に見せているのに、なんで盛るのか。

「加工テクニックは、メイクの技術とおんなじなのよ」

その言葉を聞いて、ねこちゃんは不思議に思う。なんでうさぎちゃんは、私の心の声が読めるのか。

「はい、送信っと！」

ねこちゃんは不思議に思ったことを、解決しないままでいられる特技をもちあわせているので、再《ふたた》びうつらうつらと目を閉じる。だが、うさぎちゃんはそれを許してはくれない。

「ねえ、見てこれ」

差し出されたスマホの画面には、昨夜のコンサートのニュースが映っていた。

LEDモニターに激突《げきとつ》した、らいおんくんとぺがさすちゃんの写真の上に、『失笑《しっしょう》、爆笑《ばくしょう》、大失態《だいしったい》！』とキャプションが書かれていた。

ねこちゃんはそれを見て、口の端《はし》をくいっと持ち上げる。

「あは、ウケる」


客室内のバースペースに、らいおんくんとぞうくんが腰《こし》かけていた。

らいおんくんの前には、巨大《きょだい》なパフェが5つ。すでに左端のひとつは完食し、ふたつ目に取りかかっていた。

その横に座るぞうくんは、イギリスで買ったペーパーバックを読んでいる。表紙には、拳銃《けんじゅう》を持ったトレンチコートの男の絵が描《えが》かれている。ぞうくんお気に入りのミステリー小説だ。らいおんくんがガツガツとパフェを食べようが、ぞうくんの集中力は微動《びどう》だにしない。小説の中では、探偵《たんてい》が犯罪組織に捕《つか》まり、水攻《みずぜ》めを受けている最中だった。

「マタタビパフェおかわり！　大盛りで！」

らいおんくんが大きな声でウエイターを呼んだ。目の前の5つのパフェグラスは、すでに空になっていた。

オカシーズのウエイターが、空になったパフェグラスを片付けていく。彼は、コーンスナックのパッケージに描かれた3兄弟のひとり。さくさく食感がおいしい三角形のスナックに、シンプルな目鼻口とスマートな手足が特徴的《とくちょうてき》。その手でなんでもこなす、器用なオカシーズだった。

「食べ過ぎは身体に毒《どく》だよ」

ぞうくんはページをめくりながら言った。だが次の瞬間《しゅんかん》、言ってもムダだったな、と心の中でつぶやいた。

らいおんくんは眉間《みけん》にシワを寄せた険《けわ》しい表情を、ぞうくんに向けた。

「ほっといてくれ」

「じゃあほっとく」

そう言って、ぞうくんは再び小説に目を落とす。

だが、らいおんくんはぞうくんのジャマをしながら、甘《あま》えるように叫《さけ》ぶ。

「かまってよお！」

「もう、どっちだよ」

ぞうくんはあきれながらも、らいおんくんの手をどかして本を持ち上げた。

「そりゃあ目立つよなあ、だって飛べるんだもん」

突然《とつぜん》、らいおんくんは話題を変えた。ぞうくんは、らいおんくんが〝やけパフェ〟をしているのは、昨日の騒動《そうどう》を気にしてのことだろうと予想していた。

「ぺがさすちゃんのこと？」

らいおんくんが深くうなずいた。

「やっぱりさ、ボクより目立ったらダメじゃない？　だって、たべっ子どうぶつのリーダーはボクなんだもの」

らいおんくんがぺがさすちゃんに嫉妬《しっと》していることは、誰《だれ》の目にも明らかだった。

ぺがさすちゃんの人気はこのところ、急上昇している。もちろんらいおんくんも人気投票で常に1位を獲得《かくとく》しているトップスターだ。しかし、3ヵ月前にリリースされた『翼《つばさ》も角《つの》もなくたって』が大ヒットすると、ぺがさすちゃんの人気にさらに火が点《つ》いた。街には彼女の写真があふれ、SNSには彼女の歌う姿《すがた》が頻繁《ひんぱん》に上がるようになった。

たべっ子どうぶつのリーダーとしては、喜ばしいことのはず。だが、歌手としての視点で見ると、ライバルの猛追《もうつい》は脅威《きょうい》だ。らいおんくんが焦《あせ》るのも無理はなかった。

ぞうくんからしてみると、そんな感情は、子どもじみたものに思えた。しかし、冷静な彼には、寄りそって考えるだけの余裕《よゆう》があった。

——常にトップでいるってことは、ボクなんかが思うより、つらいことなんだろうな。

しかしそう思ったところで、「そうだね、つらいよね」と声をかけるのは逆効果だ。

ぞうくんは、カワイイ子どもを谷底に突《つ》き落《お》とすという獅子《しし》の気持ちになって、わざと冷たい言葉をかけることにした。

「じゃあ、ぺがさすちゃんより目立つことすればいいんじゃないの？」

きちんとしたアドバイスをしたところで、らいおんくんは素直には受け取らないだろう。そう思ったぞうくんは、わざと〝スカした〟アドバイスをした。

「なるほど！　じゃあさ、口から火を吐《は》くのはどうかな？　それとも目からビームだすとか？」

――えっ、真に受けるの!?

長いつきあいだが、らいおんくんの反応は、いつも想像の斜《なな》め上《うえ》をいく。

「じゃあ、ついでに手からクモの糸も出しちゃうってのはどう？」

ぞうくんはあきれながら、さらに荒唐無稽《こうとうむけい》なアイデアを言ってみた。

しかし、らいおんくんは満面の笑みになって、「いいねえ！」と叫《さけ》び、そのアイデアを実行すべく立ち上がり、「ブシュン、ブシュン！」と手首からクモの糸を飛ばすイメージトレーニングを始めた。

ぞうくんは、ため息を小さくついて、再び本に目を落とした。


飛行機の最後尾にはパウダールームがある。

本来はみんなが使える場所なのだが、今はぺがさすちゃん専用のエリアとなっていた。

「ごめんね、わたし、ひとりになる時間が必要で……」

彼女の申し出に、誰も異論はなかった。

しかしらいおんくんは、それすら気に食わない。

「自分だけ特別？　それってずるくない？」

そう口をとがらせるらいおんくんに、さるくんが軽い口調で言う。

「いいじゃないか！　この飛行機には、わにくんのためのバスタブもある。ねこちゃんのキャットタワーも、バーにはらいおんくんの好物のパフェだってある。必要な人に、必要なものを！それでみんなハッピー！　だろ？」

さるくんはチャラいだけの男ではない。意外と周りをよく見ていて、時々こうしてメンバーの調整役を買って出る。ただ、言い方や態度がとにかくチャラいせいで、彼の気配りに感謝する者は少なかった。だが、この発言には誰《だれ》もが納得して拍手《はくしゅ》で応えたので、らいおんくんも黙《だま》るしかなかったのだ。


ぺがさすちゃんは、パウダールームの鏡に映る、自分の顔をじっと見つめていた。

彼女は昨夜のライブのことを考えていた。あの大きな失敗は、小さな食い違いの積み重ねが招いたことだと、ぺがさすちゃんは気づいていた。

――アイドルグループ『たべっ子どうぶつ』は今、危機を迎《むか》えている。

路上ライブから始まった、たべっ子どうぶつのライブ活動は、自分の加入を経て、ついにワールドツアーを行うまでに成長した。けれど、それは本当に成功と呼べるのだろうか。

あんなに強かったメンバーの絆《きずな》が、切れかかっている。

グループ結成当初、らいおんくんが掲《かか》げた言葉――

『みんなを笑顔にするために、歌って踊《おど》ってノリノリだ！』

たべっ子どうぶつの、その理念は、燃《も》え尽《つ》きる寸前《すんぜん》に思えた。

――あんなに素敵なグループだったのに、なんでこんなことになってしまったのかな？

この世界を、笑顔でいっぱいにしたい。それを、たべっ子どうぶつのみんなで叶《かな》えたい。

その願いを、ぺがさすちゃんはどうしてもあきらめきれなかった。

――ワールドツアーのファイナルで、それを取《と》り戻《もど》さないと……。

ツアーファイナルの地、スイーツランドはもうすぐだ。飛行機が到着《とうちゃく》する前に、はっきりさせなくてはならないことがある。ぺがさすちゃんは決意を胸《むね》に、鏡のなかの自分を見つめた。

しかし――。

鏡に映る白い翼《つばさ》が目に入った瞬間《しゅんかん》、その決意は崩《くず》れ去《さ》った。

「わたしに、そんなことを言う資格なんてない……」

ぽつりとつぶやき、ぺがさすちゃんは大きなため息をついた。

パウダールームを出たすぐ横に、わにくん専用のバスタブがあった。わにくんはシャワーブラシを手にして、鼻歌を響《ひび》かせながら背中を洗《あら》っていた。

歌は、わにくんが好きなスティーヴィー・ワンダーの名曲『可愛いアイシャ（Isn't she lovely）』。

そのリズムに合わせ、ひよこちゃんが、わにくんの頭の上で跳《は》ねている。

ひよこちゃんがオカシーズになってから、もう1年が経つ。しかし彼女（もしかして彼？）は、ずっとヒヨコのままだった。どれくらい時間が経てば大人、つまり成鳥《せいちょう》になるのか誰《だれ》にもわからない。もしかしたら、ずっとヒヨコのままなのかもしれない。けれど、ひよこちゃんは早く成長したいと願っていた。

コンサート中、照明スタッフがピンスポットライトを操作《そうさ》する際、小さな彼女を見失うことがよくある。その結果、大きな身体のかばちゃんやぞうくんに踏《ふ》まれそうになり、あわててきりんちゃんの頭の上へ避難《ひなん》する、なんてこともよくあった。さらに、ひよこちゃんにはソロパートがない。理由は簡単。まだ、「ぴぃぴぃ」としか発音できないからだ。

「ひよこちゃん、あなたはたべっ子どうぶつの仲間として、なくてはならない存在よ」

かつて、ぺがさすちゃんにそうなぐさめられたことがあった。

けれど、ひよこちゃんはいつもメンバーに頼《たよ》ってばかりの自分を、不甲斐《ふがい》なく思っていた。

早く大人になりたい。そしてどうせなら、飛べないニワトリではなく、空を飛べる鳥になりたい――。

それがひよこちゃんの密《ひそ》かな願いだった。


パウダールームのドアが開き、ぺがさすちゃんが姿《すがた》を現した。

この瞬間《しゅんかん》を待っていたかのように、わにくんが声をかける。

「ぺがさすちゃん、昨日のらいおんくんの飛ぶ仕掛《しか》けなんだけど……」

「大丈夫《だいじょうぶ》。わにくんが悪いわけじゃないもの。気にしないで」

その言葉を聞いて、わにくんはなんとも言えない表情になった。

わにくんが悪いわけじゃない。でも――。

らいおんくんの責任は、しっかり追及《ついきゅう》するつもりだ。

わにくんは湯船の中へゆっくりと体を沈《しず》め、目だけを出す。

――こりゃ、ひと波乱あるわに。

わにくんは、なりゆきを見守ることにした。

「だいたいなんなの、あの角《つの》は！　角があるのはユニコーンだろ？」

バーカウンターで、らいおんくんがパフェスプーンを振《ふ》りまわしていた。

ぞうくんは、肯定《こうてい》とも否定《ひてい》とも取れる曖昧《あいまい》な相づちを打つ。

どんどんと熱を帯びるらいおんくんの愚痴《ぐち》に、真剣につきあってはいけない。ぞうくんは受け流すことに決めた。

その時、ぺがさすちゃんが歩いてきたのが目に入り、ぞうくんはひやりと汗《あせ》をかいた。

――まずい。

らいおんくんに知らせようと横を向いた瞬間《しゅんかん》、彼がグイッと顔を寄せてきた。

ぞうくんは、うっと言葉を飲み込む。

「ボクはあの角、ニセモノじゃないかってにらんでるんだ」

らいおんくんがヒソヒソと話す。その時、後ろにぺがさすちゃんが立った。

ぺがさすちゃんが、小さく鼻から息を吐《は》いたのがわかる。

――あきらかに怒ってる。

ぞうくんは、らいおんくんに知らせなければと、大きく咳払《せきばら》いをした。だが、それで気がつく、らいおんくんではない。

「それがバレたら、きっとファンのみんなはがっかりすると思うんだよね。ああ！　どうしたらいいんだろう！」

らいおんくんの口ぶりは、心配を装《よそお》っていたが、悪口だとバレバレだ。

「らいおんくん」

「なに？」

「うしろ」

らいおんくんが振り向くと、そこには不機嫌《ふきげん》そうににらんでいるぺがさすちゃんがいた。

「やべっ！」

素直な驚《おどろ》きが口をついて出る。

「ぺ、ぺがさすちゃん！　もしよかったら、一緒《いっしょ》に一杯《いっぱい》やらない？」

ここでらいおんくんが言っている一杯とは、もちろんパフェのことである。

ぺがさすちゃんは、その誘《さそ》いが、悪口をごまかすためのものだと見抜《みぬ》いていた。しかし、あえてその言葉にのることにした。

「そうさせてもらおうかしら。ウェイターさん、ニンジンパフェをひとつ」

「かしこまりました」

ぺがさすちゃんは、ぞうくんを間にはさむようにして、らいおんくんと距離《きょり》をとって腰《こし》かけた。

黙《だま》るふたりの間で、ぞうくんは、本に目を落とす。

——気まずい。

沈黙《ちんもく》が苦手なわけではない。ただ、今ここに横たわっているのは、嵐《あらし》の前の静けさだ。

ぞうくんは、まるで西部劇《せいぶげき》の決闘《けっとう》を見守る仲介人《ちゅうかいにん》のような、緊張感《きんちょうかん》を感じていた。

まず引き金をひいたのは、ぺがさすちゃんだった。

「ねえ、なに？　昨日の、あの仕掛《しか》け？」

「え？」

らいおんくんは、わざとわからないふりをしてとぼけた。

「翼《つばさ》よ。派手な色の翼」

「ああ、ファイナルに向けて、盛り上げようと思ってさ」

いたずらっぽく笑うらいおんくんの言葉には、どこか挑戦的《ちょうせんてき》なニュアンスが含《ふく》まれていた。

ぞうくんは、これから繰《く》り広《ひろ》げられるであろう舌戦《ぜっせん》に巻《ま》き込《こ》まれないよう、身体を反《そ》らしてふたりの視線から逃《に》げた。

「今までだって、十分《じゅうぶん》盛り上がっていたけど？」

「昨日はもっと盛り上がったよ」

「そもそも、ライオンは空を飛ばないわよね？」

間髪《かんぱつ》入れずに、らいおんくんが言葉をつなぐ。

「馬だって、空は飛べない」

「わたしはペガサスよ。神話の世界の、聖《せい》なる馬」

ぺがさすちゃんが背中の翼を広げた。しかし、その音がいつもより小さい。

ぞうくんが、ふと横目でぺがさすちゃんを見た。片方の翼が、広がらずに震《ふる》えている。ぺがさすちゃんの顔に動揺《どうよう》が走った。それをらいおんくんは見逃《みのが》さなかった。

「どうしたの？　その翼、調子が悪いんじゃない？」

「ちょっと疲《つか》れただけよ！」

そう言うと、彼女は「ふっ！」と力を込めた。ようやく、両方の翼が大きく広がる。

その誇《ほこ》らしげな姿《すがた》とは裏腹《うらはら》に、動揺はむしろ浮《う》き彫《ぼ》りになっていた。

——昨日の事故で、翼を痛《いた》めたのかもしれない。

ぞうくんはそう思った。あれだけのスピードで激突《げきとつ》したのだ。普通なら無傷《むきず》では済まない。

らいおんくんはまったくの無傷だったが、むしろそっちのほうが不自然なのだ。

もし、ぺがさすちゃんが怪我《けが》をしているのだとしたら、ツアーファイナルの地、スイーツランドでは無理をしないほうがいい。

らいおんくんにリーダーとしての思いやりがあれば、そう言ってくれるかもしれない。

ぞうくんは微《かす》かな希望を抱《いだ》きながら、そっとらいおんくんの顔を見た。

少し前のらいおんくんなら、メンバー全員を気にかけ、優しい声をかけていた。この状況《じょうきょう》でもぺがさすちゃんの不調を、真っ先に心配してしかるべきだった。

だが、今のらいおんくんは、ニヤニヤとぺがさすちゃんを見ているだけだった。

らいおんくんは、すっかり性格がひねくれてしまった。ぞうくんはがっかりして顔を伏《ふ》せる。

そこにさるくんが勢いよく飛びついてきて、ぞうくんの鼻はカウンターに押しつけられた。

「ソーダおかわりぃ！」

バーテンダーは小さくうなずき、カウンターの下に消えた。

「ちょっと、さるくん、どうしたの？」

ぞうくんがたずねても、さるくんは、なにか小さくつぶやくだけで答えなかった。耳をすますと、「うるせえや、ふんだ、まったく」とぶつぶつ悪態をついている。

きりんちゃんがやってきて、さるくんの代わりに答える。

「恋人にフラれて、落ち込んでるのよ」

「まだフラれてねえ！」

耳元で突然《とつぜん》大きな声を出され、ぞうくんは目をぱちくりとさせた。

「ごめんなさい……」

きりんちゃんは首をすくめて謝《あやま》る。彼女のいつもの悪いクセだ。しかし、さるくんはそんな言葉も耳に入らず「ああ、ハニー……」と感傷的《かんしょうてき》な声をもらした。

そんな騒動《そうどう》をよそに、ぺがさすちゃんはらいおんくんに食ってかかる。

「ファイナルコンサートでは、飛ばないでよね」

ぞうくんは、いつものぺがさすちゃんらしくないなと感じた。

彼女には、焦《あせ》りがあった。

――今なんとかしないと、たべっ子どうぶつはダメになる。

だが、その思いは、らいおんくんには届《とど》かない。

「ショーの演出を決めるのはリーダーのボクだ」

らいおんくんの意地悪な言い方に、ぺがさすちゃんはカチンときて、つい大きな声を出してしてしまう。

「みんなで決めるべきよ！」

それを聞いたらいおんくんは、ジトッとした目でぺがさすちゃんを見すえた。

「なに？　キミは、ボクがリーダーなのが不満なの？」

「……」

ぺがさすちゃんは答えない。

「ねえ！」

らいおんくんは、ぺがさすちゃんにぐっと身体を近づけて言う。もはやケンカ腰《ごし》だった。

ぺがさすちゃんはふうっと息を吐《は》く。それは、なにかをあきらめたような重いひと息だった。

「そうね……はっきり言うわ。今のあなたはリーダーにふさわしくない」

らいおんくんは、その言葉を聞いた瞬間《しゅんかん》、思わず頭をググッと後ろに反《そ》らせた。そのまま大きく息を吸《す》い込《こ》み、力強く咆哮《ほうこう》を上げる。その声は、機内の空気を一瞬で凍《こお》りつかせた。

「ごめんなさい！」

きりんちゃんが反射的に謝《あやま》る。

――ああ、ダメだよ、らいおんくん。

ぞうくんは、どうにかしなければと、頭の中で考えをめぐらせ続けるが、現状はすでに取り返しのつかない方向に転がり出していた。

「ねえ、なんなの今の？」

ねこちゃんがやってきて、不機嫌《ふきげん》そうに問いかける。

うさぎちゃんも、その後ろで険《けわ》しい顔をしている。

「もしかしてさっきの、らいおんくんの声？」

かばちゃんが小走りでやってきた。

ゴシップ好きなかばちゃんにとっては、格好《かっこう》のネタなのだろう。目をキラキラ輝《かがや》かせ、右へ左へ身体をスイングさせている。その度に肩《かた》からさげたポシェットが揺《ゆ》れた。

「ほら、やっぱりだ。キミはリーダーの座を狙《ねら》ってる！」

らいおんくんの言いがかりに、ぺがさすちゃんは語気を強める。

「そんなんじゃない！」

「ふたりとも、冷静に、ね」

そんな言葉が効果を発揮《はっき》するとは、とても思えなかった。だけど、他に言葉が見つからない自分に、ぞうくんは苛立《いらだ》った。

「ぺがさすちゃんが、ボクはリーダーにふさわしくないって言うんだ！」

「……」

ぞうくんは、ぺがさすちゃんの身体が細かく震《ふる》えているのを見逃《みのが》さなかった。ことを荒立《あらだ》て、みんなの前に問題をもち出した。だが、その先に待っているのは、たべっ子どうぶつの破滅《はめつ》なのかもしれない。

ぺがさすちゃんはそんなバッドエンドを想像し、恐《おそ》ろしくなっていた。

「みんなに聞くよ！　しっかりしているのは、ボクとぺがさすちゃんの、どっち？」

なんとも子どもじみた質問に、たべっ子どうぶつのみんなは一瞬《いっしゅん》、冗談《じょうだん》かと思い様子をうかがった。だが、らいおんくんは大真面目だ。鼻息を荒くし、みんなを見回している。

やれやれ仕方ない。そんな感じで、さるくんがぺがさすちゃんを指さした。それに続き、他のみんなもぺがさすちゃんを指す。

らいおんくんは、予想外の展開に目を丸くして驚《おどろ》いていた。

――いや、そこ驚くの、おかしくない？

ねこちゃんは逆に驚いてしまった。

「じゃ、じゃあ！　一番、歌が上手いのはどっち？」

らいおんくんの暴走は止まらない。

今度は、ほぼ即答《そくとう》だった。みんなが、ぺがさすちゃんを指す。

ぞうくんは、ただひとり、どちらも指さすことなく事態を見守っていた。

「じゃ、じゃ、じゃあ！　一番、人気があるのは？」

みんな、遠慮《えんりょ》なくぺがさすちゃんを指した。

これだけは譲《ゆず》れないと勢いづいていたらいおんくんは、だらしなく「むあぁ」と声をもらす。

見かねたきりんちゃんが、ぺがさすちゃんに向けた前足を、そっとらいおんくんへ向けた。

「気を遣《つか》わないで！」

らいおんくんが顔を赤らめて、きりんちゃんに怒鳴《どな》った。

「ごめんなさい！」

きりんちゃんはそう言って、再びぺがさすちゃんを指した。

「じゃ、じゃ、じゃ、じゃあ！　リーダーにふさわしいのは？　どっち？」

みんなは悩《なや》んだ。たしかに今、リーダーだと言われているのはらいおんくんなのだが、果たしてその座にふさわしいかと問われれば、即答はできなかった。意味のない質問に答えているうちに、みんなの共通見解が揺《ゆ》らいでいく。

その雰囲気《ふんいき》を察《さっ》したぞうくんは、取り返しがつかなくなる前にと、あわてて発言する。

「リーダーは、らいおんくんだよ」

変な意味に聞こえないように、務めて冷静に発言する。これで、らいおんくんが少しでも落ち着いてくれたらいいのだけれど……。

しかし、その願いむなしく、かばちゃんが余計なひと言を口にした。

「まあ、『ライオン』だしねえ」

――かばちゃん、そのひと言は、よろしくないぞー。

ぞうくんが頭を抱《かか》えた時、さるくんが酔《よ》っ払《ぱら》いのようにヤジを飛ばした。

「よ、百獣《ひゃくじゅう》の王!」

「百獣の王って……」

うさぎちゃんがクスッと笑う。

「サバンナじゃあるまいし」

ねこちゃんが、うさぎちゃんの言葉にかぶせるように言った。

「ちょっとみんな！」

悪い方向に転がって行く展開に、いつも冷静なぞうくんですら、焦《あせ》りを隠《かく》せなかった。

一方でぺがさすちゃんは、自分の手を離れていく問題を前に、なすすべなく黙《だま》っていた。

「わかったもういい！」

らいおんくんは自暴自棄《じぼうじき》になって、ぺがさすちゃんに向けて指を突《つ》きつけた。

「もうすぐスイーツランドだ。みんながボクらの帰りを待っている。空港で、どれだけファンにサインを求められるかで勝負だ。その数が多いほうが、たべっ子どうぶつのリーダーだ！」

うさぎちゃんとねこちゃんがあきれた顔で言った。

「なにそれ」

「くだらない」

しかし、らいおんくんは、もはや引くに引けなくなっていた。

「ぺがさすちゃん、この勝負、ノるよね？」

この時、ついに、みんなの気持ちはらいおんくんから離《はな》れてしまった。

ぺがさすちゃんは、それを感じて深く後悔《こうかい》した。予兆《よちょう》はあった。だけど、それを決定的にしてしまったのは、自分なのだ。

——最悪の結果になってしまった。

ぺがさすちゃんは、翼《つばさ》が重くなるのを感じた。

「ニンジンパフェとマタタビパフェ、お待たせしましたー」

ウエイターがやってきて、とぼけた口調でらいおんくんの前にパフェを差し出した。

その時、まるでその声が合図だったかのように、飛行機が激しく揺《ゆ》れた。

みんなは一瞬《いっしゅん》にして天井にぶつかり、次の瞬間、床に叩《たた》きつけられた。

ウエイターはパフェを倒し、らいおんくんの顔は、そのクリームの中に埋《う》まる。

顔を上げると、らいおんくんの顔はクリームまみれになっていた。

さるくんがその顔を見て、プーッと吹《ふ》き出《だ》した。

「いや、サンタかよ！」

「なんて乱暴《らんぼう》な操縦《そうじゅう》だ！　ちょっとパイロットに文句言ってくる」

さるくんの嘲笑《ちょうしょう》を受け流し、らいおんくんはパイロットのいるコクピットへと歩きだした。

その時、きりんちゃんがふと窓の外の異変に気づく。空に小さなピンク色の雲が流れていく。

「なにあれ……」

「わあ、キレイな雲！」

うさぎちゃんが、きりんちゃんの顔に自分の顔をくっつけて、はしゃいだ声を出す。

――キレイ？　えっ、どこが？　むしろブキミ……。

もしかして、自分が心配性だから不気味に感じるだけなのだろうか？

そう思い始めたとき、さらにかばちゃんの声が飛んだ。

「わあ、ホント！　なんかカワイイ！」

かばちゃんも嬉《うれ》しそうに窓の外を見ている。やはり自分はネガティブ過ぎるのだろうかと、きりんちゃんは口ごもった。ふとかばちゃんの体から、主張の強い花の香りが漂《ただよ》った。かばちゃんお気に入りのローズの香水だ。確か、ツアーの最初のほうで行った、トルコで買ったと言ってたっけと、きりんちゃんは思い出す。それにしても、たくさん窓《まど》があるというのに、なんでみんなひとつの窓に集まってくるの？　きりんちゃんは困った顔をしながらも思う。

――イヤじゃないんだけどね。

長い活動の中でさまざまな変化があったが、これだけは変わらない。みんな『なつっこい』。

「ちょっときりんちゃん、押《お》さないで」

下からねこちゃんの声が聞こえてくる。

――いや、私、押してないんだけど。

そう思うが、口から出たのは、「ごめんなさい」のひと言だった。きりんちゃんは、そんな自分が心底《しんそこ》イヤになった。

「ねえ、あの雲なんか変じゃない？」

ねこちゃんのひと言に、きりんちゃんは激しく賛同する。

――そ、そうだよね、わたし、間違《まちが》ってないよね。

なぜなら、その雲は飛行機の翼《つばさ》に次々と貼《は》りついていくのだから。

ピンクの雲が、べったりと翼にくっつき、ジェットが作る気流を一身に受けながら、まるで容器から出したばかりのプリンのように、プルプルと震《ふる》えていた。

――イヤな予感がする。

いつも最悪のシナリオを考えてしまうのは、これまた彼女の悪いクセだが、今回ばかりはそれが当たりそうだ。きりんちゃんは胃《い》のあたりが、きゅうっとなるのを感じた。

らいおんくんはコクピットの扉《とびら》の前に、仁王立《におうだ》ちしていた。

「ちょっと、パイロットさん？　話があるんだけど！」

しかし、コクピットの内部からは返事がない。

らいおんくんは、じれったくなり、コクピットの扉を手のひらで叩《たた》いた。だが、肉厚《にくあつ》な肉球のせいで、どうしても音は、ポフンポフンとかわいらしくなってしまう。

——まったくボクってば、ナチュラルボーンにカワイイんだから。

一瞬《いっしゅん》得意げにニンマリした、その瞬間。

「痛《いた》い！」

突然《とつぜん》、コクピットのドアが勢いよく開き、らいおんくんの顔面を直撃《ちょくげき》した。

らいおんくんの顔面には、モフモフの毛がない。それは彼の弱点のひとつだった。そんな彼に構うことなく、コクピットから飛び出してきたコーンスナックの副操縦士《ふくそうじゅうし》が叫《さけ》ぶ。

「大変です！」

らいおんくんは、まだ痛む鼻を押《お》さえながら聞き返す。

「どうしたの？」

「雲が窓にくっついて取れないんです！」

コクピットの中を見ると、サングラスをした機長が窓の外を疑視《ぎょうし》していた。そこには、ピンクの雲が隙間《すきま》なく貼《は》りついてた。窓のワイパーはまったく機能していない。

その時、客室内の窓辺にいたさるくんが飛行機の異変に気づいた。翼《つばさ》の下から、黒い煙《けむり》が流れ出ていたのだ。空には、ますますピンク色の雲が増えていた。その雲が次々と飛行機のエンジンに入り込み、ついに火を噴《ふ》いたのだ。

「いや、マジかよ！」

機体はバランスを失い、右へ左へと激しく傾《かたむ》きながら、急降下《きゅうこうか》を始めた。

「滑走路《かっそうろ》に難着陸《なんちゃくりく》する！　なんでもいいからしがみつけ！」

それは、副操縦士《ふくそうじゅうし》がこれまでに聞いたこともない機長の叫《さけ》び声《ごえ》だった。

たべっ子どうぶつ THE STORY

第 2 章

機体が激しく揺《ゆ》れ、もはや立っていることは不可能だった。一気に降下《こうか》したかと思うと、次は急上昇《きゅうじょうしょう》をし、みんなの体があっちこっちに叩《たた》きつけられる。

「ぐえっ！」「やだっ！」「いったあい！」

気の弱いきりんちゃんは、半泣《はんな》きで叫《さけ》ぶ。

「ごめんなさあい！」

——誰《だれ》に謝ってんだよ？

いつもならツッコミを入れているさるくんにも、今はそんな余裕《よゆう》がない。天井から落ちてきた酸素《さんそ》マスクにかろうじてつかまっていた。

そのさるくんをかすめて、大きな身体のかばちゃんが宙《ちゅう》を舞《ま》う。弾力《だんりょく》のある身体が壁《かべ》に激突《げきとつ》し、その勢いで倍の速度をつけて跳《は》ね返《かえ》ってきた。

「おっとあぶねえ！」

酸素マスクを離《はな》し、間一髪《かんいっぱつ》でかばちゃんをかわしたさるくんが、ロングシートに飛び降りる。

その目の前では、ねこちゃんが座面に爪《つめ》を立て、しがみついていた。

「ねこちゃん、なんかヨユー？」

「能ある猫《ねこ》は爪を使うのよ」

「やるジャン」

さるくんがウインクすると、口からのぞいた歯が、キランと光った。しかしそれはキマらなかった。ぞうくんが飛んできて、さるくんの上に落下したのだ。

「ギャア！」

「ごめん！　わざとじゃないん……」

謝る間もなく、ぞうくんはふたたび客室後方へと吹《ふ》っ飛《と》んでいった。

ロングシートでは、マンガのようにぺしゃんこになったさるくんが、白目をむいていた。

「大丈夫《だいじょうぶ》？」

ねこちゃんの頭上では、ぺがさすちゃんが翼《つばさ》を羽ばたかせながら、かろうじてバランスを保っていた。その背中にしがみついたうさぎちゃんが、ぺがさすちゃんの代わりに言葉をつなぐ。

「さるくん、生きてる？」

「死んだかも」

ねこちゃんは無表情でうさぎちゃんに答えた。

「生きてるわい！」

うすい紙のようになったさるくんが、ぺらりと上半身を起こした。次の瞬間《しゅんかん》、ひときわ大きな衝撃《しょうげき》が起こり、らいおんくんが悲鳴を上げながら、コクピットから吹《ふ》っ飛《と》んできた。

どうやら飛行機が、滑走路《かっそうろ》に強引に着地したようだ。機体がスピンし、たべっ子どうぶつたちは遠心力で機内の壁《かべ》に押《お》しつけられた。

「つぶれるう、う、う！」

らいおんくんが耐《た》えかねて情けない声を上げるが、それは彼に限ったことではなかった。

「うわあーー！」「キャーッ！」「イヤーン！」

全員が気を失う直前、ようやく機体のスピンが止まった。

「……奇跡《きせき》だ」

副操縦士《ふくそうじゅうし》がつぶやいた。その声はかすれて小さく、彼は自分がしばらく呼吸《こきゅう》していなかったことに気がついた。

「大丈夫《だいじょうぶ》か？」

話しかけてきた機長のサングラスが斜《なな》めにズレていた。いつもダンディーで隙《すき》のない機長が、初めて見せる姿《すがた》。それだけ、この着陸は危険だったのだ。副操縦士は改めてゾッとした。

「大丈夫です」と返し、副操縦士は空港の管制官に連絡をとる。だが、返って来る声はない。

「機長、応答がありません」

機長の手にじっとりと汗《あせ》が浮《う》かぶ。

管制塔《かんせいとう》に誰《だれ》もいないなんて、前代未聞《ぜんだいみもん》の異様な事態だった。なにより、コクピットの窓には、依然《いぜん》として風に揺《ゆ》れるピンク色の雲が貼《は》りついている。操縦士になって10年以上になるが、こんな光景は初めてだった。

――まだ空にいるのか?

だが、コクピットの計器は、地上にいると示している。

「そうでなかったら、俺《おれ》たちはもう、天国にいるのかもしれないな」

機長はぼそりとつぶやくと、ドアロック解除の許可を出した。


プライベートジェットのドアは、開くとそのままタラップになる階段式だった。

――きっと報道陣《ほうどうじん》や芸能記者が、空港を埋《う》め尽《つ》くしているはずさ。

らいおんくんは、その小さなドアが開くのを待ちきれず、背伸《せの》びをして外をのぞこうとした。あれほど派手《はで》な難着陸《なんちゃくりく》をやらかしたのだ。明日のトップニュースを飾《かざ》るのは、きっと「たべっ子どうぶつ」に決まっている。

らいおんくんは、気合い十分のキメ顔で、ドアが開く瞬間《しゅんかん》を待ち構えていた。

だが、完全に開いたドアの先にあったのは、想像とはまるで違う光景だった。

「あっれえ？」

外は、不自然なほどに静かだった。

滑走路《かっそうろ》には報道陣《ほうどうじん》どころか、人影《ひとかげ》ひとつない。オカシーズも、空港スタッフも、誰《だれ》もいない。

その代わりに、地面いっぱいに広がるピンク色の雲が、視界《しかい》を埋《う》め尽《つ》くしていた。

「ここ……本当にスイーツランド？」

らいおんくんはキョロキョロとあたりを見回す。

遠くに見えるカヌレ山は、ピンクの砂糖を冠《かん》した、見慣れた故郷の風景だ。

間違いなく、ここはスイーツランドのはずだ。なのに——。

「なんで誰もいないの？」

らいおんくんの弱々しい問いかけに、答える者はいない。

風に吹かれたピンクの雲が、西部劇《せいぶげき》の枯《か》れ草《くさ》のように滑走路《かっそうろ》を転がる。それが、人影のない異様な光景を、さらに寂《さび》しくさせていた。

——いや違う。

らいおんくんは、ようやく違和感《いわかん》の正体に気づいた。

「おかしいよ！　地上に雲があるなんて！　そもそも、なんでピンク色なの！」

その時、背後からかばちゃんがぐいっと身を乗り出してきた。

「ワタシにも見せてえん」

「あっ」

勢いに押《お》され、らいおんくんの体がぐらりと傾《かたむ》く。次の瞬間《しゅんかん》、タラップの上から転げ落ちた。

「ぐ！　げ！　ぬわ！」

一段一段を、バウンドするように落ちながら滑稽《こっけい》な声を出すなんて、さすが一流のエンターテイナーだ、とぞうくんは変な感心をする。

「むぎゅう！」

らいおんくんが地面に顔で着地した時には、タラップの上のみんなは心配よりも先に、思わず拍手《はくしゅ》を送った。

「拍手なんて、いらないから！」

勢いよく顔を上げたらいおんくんの顔には、べったりと雲が貼《は》りついている。それを見たみんなが今度は爆笑した。

「笑うな！」

「サンタ2《ツー》!」

さるくんの言葉に、らいおんくんはイラッとするが、口に入ってきたその雲が甘《あま》くて、つい笑顔になる。

「うわあ! この雲、あまくておいしい!」

後方から、きりんちゃんが遠慮《えんりょ》がちに顔をのぞかせた。

「こんなこと言ってごめんなさい。でも、雲って味なんかしないはずじゃ……?」

「そう、つまり、これは雲じゃない」

ぞうくんが前足をちょこんと耳元に添《そ》え、名探偵《めいたんてい》のように(少なくとも彼《かれ》はそう思っている)決めポーズを取る。

「ボクの推理《すいり》が正しければ、それは……」

「それは?」

「綿《わた》あめだ」

ぞうくんのポーズが気になったけど、それどころではない。らいおんくんは改めてあたりを見回す。この雲のようなものは、遠くに見えるカヌレ山の噴煙《ふんえん》と同じ、ピンク色だ。と言うことは、カヌレ山から吹き出す、魔法《まほう》の砂糖から作られた綿あめなのかもしれない。

――でも、なんでこんなにたくさんの綿あめが？

らいおんくんがひょこんと首をかしげた。

「あれなに？」

うさぎちゃんが空を指さした。

見上げると、ピンク色の綿あめが、ふわふわとたべっ子どうぶつのほうへと近づいてくる。

テニスボールほどの大きさで、その真ん中に小さな目と、にっこり微笑《ほほえ》んだ口が見える。

うさぎちゃんは目の前にやってきたその小さなカワイイ塊《かたまり》を、まじまじと見つめた。

「なにこの子たち？」

ねこちゃんが手を差し出すと、綿あめは、ねこちゃんの肉球の上にちょこんと乗っかった。

「綿あめの赤ちゃん？」

うさぎちゃんは嬉《うれ》しそうに、尻尾《しっぽ》をフリフリさせている。

しかし、その後ろで、きりんちゃんはビクビクと身を縮こませていた。

たしかに、その子たちは微笑んでいてカワイイ。けれど、数が多すぎる。空から降るように集まってくる綿あめは、ゆうに100を超《こ》えている。

「ありゃ？」

ぞうくんの頭の上に乗っていたさるくんの顔に、ぺたりと綿あめが貼《は》りついた。

「なんだコリャ？」

あわててはがそうとするが、その手にも、べったりと綿あめが貼りつく。

やがて、集まってきた綿あめたちは、次々とたべっ子たちの身体に貼りついていった。

「ちょっと！」「なにこれ！」「取れない」

ぺがさすちゃんの翼《つばさ》に、うさぎちゃんやねこちゃんの足に、きりんちゃんの長い首に、どんどんまとわりついていく。

「やだ、なに？」

きりんちゃんが震《ふる》える声で言った瞬間《しゅんかん》、鼻先にも綿あめがぺたりと貼りついて、彼女は小さな悲鳴を上げる。

かばちゃんは両目にはりついた綿あめに視界を奪《うば》われ、無抵抗《むていこう》でぼそりとつぶやく。

「なんかヤだ……」

綿あめの大群は、容赦《ようしゃ》なくたべっ子たちの動きを封《ふう》じていく。

「う、動けない」

らいおんくんの両手も、綿あめに覆《おお》われ、身動きがとれなくなってしまった。

その時、20体ほどの綿あめが素早く集まり、回転し始める。小さな塊《かたまり》だったものが、渦《うず》を巻《ま》くように合体し、やがてバレーボールほどの大きさに膨《ふく》れ上《あ》がった。回転が止まると、その中央には鋭《するど》い目《め》と、への字に曲がった口が現れる。先ほどまでの小さな綿あめたちとは違《ちが》い、どこか意地の悪そうな表情だった。

「おかえり、たべっ子どうぶつ」

その声には、どこか高圧的な響《ひび》きがあった。たべっ子たちは、警戒《けいかい》の目でその塊を見上げる。

「私の名は、ゴットン」

「ゴットン？」

まだ目をふさがれたままのかばちゃんが聞いた。

どうやら、この綿あめたちは、ゴットンと名乗っているらしい。

「スイーツランド城で、きみたちの帰国を祝う、凱旋《がいせん》パーティーが開かれる。ぜひ参加してくれたまえ」

その物言いに、ぞうくんは警戒《けいかい》を強めたが、らいおんくんの反応は違った。

「パーティー？　うわあ、よろこんで！」

――まったく、素直にもほどがある！

ぞうくんは思わず天を仰《あお》いだ。

「なにそれサイコーじゃん！」

さるくんもノリよく叫《さけ》ぶ。ぞうくんは思わず、がっくりとうなだれた。

「お連れしろ」

ゴットンのひと言をきっかけに、空に漂《ただよ》う無数の小さなゴットンたちが一斉《いっせい》に動き出した。

たべっ子たちは、身体に貼《は》りついた小さなゴットンに持ち上げられ、ふわりと浮《う》き上《あ》がる。

「やだ、怖《こわ》い……」

きりんちゃんが不安げに声を上げた。

ぺがさすちゃんは、はるか上空に浮かぶ気球に目を止めた。らいおんくんやねこちゃん、うさぎちゃんが、次々とその気球の下についたゴンドラに運ばれていく。

——昔、たべっ子どうぶつたちが気球に乗って飛んでいくCMがあったけれど、まさかこれも歓迎《かんげい》のつもり？

ぺがさすちゃんは、どこか釈然《しゃくぜん》としない気持ちを抱《かか》えながらも、ゴットンたちのなすがまま、最後尾で運ばれていった。

皆が気球に乗って空港から離《はな》れた頃、わにくんとひよこちゃんが、ようやく飛行機のタラップに姿《すがた》を現した。

飛行機がエンジントラブルで揺《ゆ》れた時、バスタブのお湯は暴れまくり、バスルームの床《ゆか》へとすべて流れ出した。その衝撃《しょうげき》で、わにくんもバスタブから転げ落ちたが、その直前に、ひよこちゃんを口の中に避難《ひなん》させていた。わにくんは背中を下にしてひっくり返り、床の上を何度も滑《すべ》って往復するはめになったが、わにくんの背中はとても硬《かた》いので2人とも無傷だった。

2人は、誰《だれ》もいない空港を前にして立ちすくんだ。

「あれ？　みんなわに？」

わにくんが首をかしげる。

彼の頭にちょこんと乗っていたひよこちゃんも、「ぴい？」と不思議そうにさえずった。

気球のゴンドラに乗り込んだたべっ子たちは、約1年ぶりの故郷《こきょう》を見下ろしていた。

「これ、ホントにスイーツランド？」

きりんちゃんがつぶやいた。

たしかにここは、みんなの生まれ故郷、スイーツランドであることに間違いはない。だが、上空から見える景色は、美しくも奇妙《きみょう》だった。レンガ造りの建物がピンクの綿あめでコーティングされ、太陽の光を反射して、キラキラと輝《かがや》いている。

「街がキラキラ光って、キレ～イ！」

無邪気《むじゃき》に喜ぶかばちゃんの横で、ぞうくんは眉間《みけん》にシワを寄せる。

――キレイだけど、なにか不気味だな。

ぞうくんはその違和感《いわかん》の理由を探すため、目を凝《こ》らし、街を見た。

「バエる！　これバエる！」

うさぎちゃんが感嘆《かんたん》の声を上げながら、夢中で街を連写する。

「ようやるわ……」

横に立つねこちゃんが、ぼそっとつぶやいた。

「あれ？　なんで？」

うさぎちゃんが怪訝《けげん》な顔で、スマホを凝視《ぎょうし》していた。

「どうしたの？」

「電波がないの……」

うさぎちゃんのスマホの画面に、「圏外《けんがい》」の文字があった。

ぞうくんは例の探偵《たんてい》ポーズで、違和感の正体を探るように街を見つめる。

「ああ、そうか」

「どうしたの？」

らいおんくんが問いかける。

「街に、人がいないんだよ」

ゴンドラから見下ろすスイーツランドの街は、静かすぎた。広大な街並みにはどこを見渡《みわた》しても人影《ひとかげ》がない。カフェにも、道にも、運河にも、人間はおろかオカシーズも見当たらない。

本来なら、街のあちこちでにぎやかな笑い声が響《ひび》き、お菓子を売る屋台が立ち並び、カフェテラスには陽気な会話があふれているはずだった。しかし今は違う。

らいおんくんもじっくりと街をながめ、違和感に気づく。

「本当だ。なんでだろう」

建物の窓のカーテンはすべて閉じられ、木戸《きど》も固く閉ざされている。中に人がいるのかさえ、わからなかった。

らいおんくんとぞうくんの会話を聞いていたみんなも、急に不安を感じ始めた。

「ねえ、あれを見て！」

うさぎちゃんが、興奮《こうふん》した声で指さす先には、大きな塔《とう》がそびえ立っていた。

それは、かつてこの国に王様がいた時代に築かれたお城で、今ではスイーツランド城と呼ばれ、街のシンボルになっている。中央にはひときわ目立つ高い塔があり、スイーツランド随一《ずいいち》の高さを誇《ほこ》っていた。

「お城の上！　塔の先っぽ！」

みんなが一斉《いっせい》に塔の先端《せんたん》に目を凝《こ》らした。そこには巨大なピンク色の塊《かたまり》があった。

さるくんが声を上げる。

「目がある、口も！　あれ、でっけえゴットンだ！」

塔の先端に、大きなゴットンが浮かんでいた。その塊は、大きなスイーツランド城を貧弱《ひんじゃく》に見せるほどに巨大《きょだい》だった。その大きなゴットンは、けだるく下ろしたまぶたの内側から黒目を半分のぞかせ、スイーツランドの街をにらみつけていた。

その不遜《ふそん》な態度を見て、ねこちゃんは、思わず眉間《みけん》にシワを寄せる。

——偉《えら》そう。なんかムカつく。

ねこちゃんは、すぐ横を浮遊《ふゆう》するゴットンに聞いた。

「ねえ、綿あめの坊《ぼう》や」

「オレは、坊やじゃない！」

あの大きなゴットンに比べたらあんたは坊や。そう思ったが、面倒《めんどう》なので口にはしない。

「あの塔の先のおっきいのは、なに？」

ねこちゃんの問いに、ゴットンは答えた。

「あの方は、オレたちの王様……キングゴットン様だ」

「キング、ゴットン……」

ぞうくんは、その邪悪《じゃあく》の塊のような綿あめを見て、胸の奥に広がる不安を感じていた。

ゴットンは「凱旋《がいせん》パーティー」だと言っていた。だが、それを鵜呑《うの》みにしていいのだろうか？

かつてこの地を治めた王が築いた、権力の象徴《しょうちょう》たる城。その最上部に今、「キング」と名乗るゴットンがいる。尖塔《せんとう》に絡《から》みつくその姿《すがた》は、まるで支配者の椅子《いす》に根を張るかのようだった。

——城に入ってはいけない。

ぞうくんの野生の勘《かん》が、（オカシーズにそんなものがあるのか疑問だが）そう告げている。

だが、彼が迷う暇《ひま》もなく、塔の中腹が開いて暗闇《くらやみ》がぽっかりと口を開ける。気球はあらがうこともなく、奥へと吸《す》い込《こ》まれていった。

城の中にあるダイニングルームで始まった凱旋《がいせん》パーティは、とても厳《おごそ》かな雰囲気《ふんいき》だった。

長いテーブルにはジャガード織《おり》のテーブルクロスが敷《し》かれ、金銀に輝《かがや》く燭台《しょくだい》の上で、ロウソクの火が静かに揺《ゆ》れる。その横には、まるで宝石のようなフルーツの盛り合わせが美しく並び、銀のカトラリーが規則正しく並べられている。まるでどこかの王族の晩餐《ばんさん》に招かれたような豪《ごう》華《か》さだった。

そんな中、色とりどりのベアグミ（クマのグミ）のオカシーズたちが、料理を運んできた。

「綿あめと四つ葉のクローバーのサラダです」

きらびやかな装飾《そうしょく》が施《ほどこ》された皿の上には、甘《あま》い香りを放つ綿あめと、みずみずしい緑のクローバーが絶妙《ぜつみょう》に盛り付けられている。

その見た目の美しさに、らいおんくんは目を奪《うば》われ、反射的にフォークを手に取った。

だが、次の瞬間《しゅんかん》、ぞうくんが前足を伸《の》ばし、らいおんくんを止めた。

「待って。これ、毒《どく》が入ってるかも……」

「ど、毒！」

「シーッ！」

――まったく、なんのために小声で言ったんだか！

「なんか、大丈夫《だいじょうぶ》みたいだけど？」

らいおんくんの視線の先を見ると、かばちゃんとさるくんは、すでに皿の上の料理にがっついていた。ふたりは驚《おどろ》くべきスピードでサラダを完食し、満足げなため息をつく。

――みんな、疑うってことを知らないんだから……。

自分がしっかりしなくてはと、ぞうくんは、気を引《ひ》き締《し》めた。

「綿あめで蓋《ふた》をした、綿あめポタージュでございます」

「スズキのムニエル、綿あめがけでございます」

「綿あめの綿あめがけでございます」

次々と運ばれる料理を完食しておきながら、さるくんがため息まじりに言う。

「綿あめ多いな……」

「ま、おいしいけどねん」

かばちゃんは苦笑いしながら、ピンク色のソースがかかった、ムニエルをつまむ。

うさぎちゃんは、周囲をキョロキョロと見渡《みわた》していた。目を輝かせながら、壮麗《そうれい》なシャンデリアや豪華なダイニングルームを見回し、ふはあ……とため息をもらす。

「スイーツランド城の中に、こんなにステキな場所があったなんてねえ」

「ま、フツーはここ、入れないからね」

ねこちゃんは、壁際《かべぎわ》に目を向けながらぼそっと答えた。視線の先には、額に入れられた巨大《きょだい》な肖像画《しょうぞうが》がかかっている。そこには、不敵な笑みを浮《う》かべたキングゴットンが描《えが》かれていた。

「やっぱ、あいつムカつく」

ねこちゃんは、テーブルに片《かた》ひじをついて肖像画をにらみつけた。

そんな彼女をよそに、うさぎちゃんは席を立ち、壁際に並べられている、キラキラと輝《かがや》く彫《ちょう》像《ぞう》に駆《か》け寄《よ》る。

「なにこれ、オモロー!」

それは、さまざまなオカシーズの彫像だった。おなじみのキャラクターたちが、ポーズを決めて並んでいる。うさぎちゃんは、その芸術作品を、スマホで撮影《さつえい》してはしゃいでいる。

ねこちゃんは、その彫像をじっと見つめると、低い声でつぶやいた。

「なんか妙《みょう》にリアルなんだよね……」

「あっれえ」

SNSをアップしようとしたうさぎちゃんのスマホ画面には、相変わらず「圏外《けんがい》」の文字が表示されている。

「まだつながらない……」

ぺがさすちゃんは、ずっと料理に手をつけられずにいた。

スイーツランドに到着《とうちゃく》してからというもの、何もかもが奇妙《きみょう》で、まるで現実感がない。彼女は得体《えたい》のしれない綿あめの料理を、食べる気持ちになれなかった。

突然《とつぜん》、ぺがさすちゃんの背後から低い声が響《ひび》いた。

「お口に合いませんでしたか？」

びくっと肩《かた》を震《ふる》わせ、あわてて振り向くと、そこにはベアグミが立っていた。ぺがさすちゃんをじっと見つめるその視線には、どこか異様な圧力があった。

「そ、そういうわけじゃないんだけど……」

「わかるわかる。これだけ綿あめ料理が続くとさあ」

「飽《あ》きちゃうわよねえ」

さるくんとかばちゃんが椅子《いす》の背もたれに背中を預《あず》けて、お腹をさすっている。

ベアグミが新しい料理を銀盆《ぎんばん》に乗せて運んでくる。それはどんぶりご飯にふわふわの綿あめがのった、奇妙《きみょう》な料理だった。

「綿あめ丼《どん》でございます」

ねこちゃんは、その料理を一瞥《いちべつ》し、うんざりしたように顔をしかめた。

「これ、下げてもらえる？」

ぶっきらぼうに言い放つねこちゃんに、ベアグミは驚愕《きょうがく》したように目を見開いた。

「ムリです……」

ベアグミが、ねこちゃんに、じりっと近づく。

「食べていただかないと」

ベアグミはねこちゃんの肩に手を置いて、激しく揺《ゆ》さぶりだした。

「食べて、食べて！　食べてくださいっ！」

「いや、ちょっと、落ち着いてっ！」

ねこちゃんは、揺さぶってくるベアグミの胸《むね》を両手で押し返した。

その勢いで、ベアグミは後ろにいた別のベアグミとぶつかってしまった。連鎖的《れんさてき》に、次々とぶつかり合い、３体のベアグミが床《ゆか》に倒《たお》れこんだ。

ガシャン！

皿《さら》が床に落ち、割《わ》れた破片《はへん》が飛び散った。上にのっていた綿あめ料理が、床にぺしゃんと落ちている。

ベアグミたちは、ぶるぶると震《ふる》えだした。顔から汗《あせ》が噴《ふ》き出《だ》している。

「ごめん……っていうか、大丈夫《だいじょうぶ》？」

ねこちゃんは、とまどいながら声をかけた。

だが、彼らはまったく反応しない。ねこちゃんどころか、目の前にいるたべっ子たちの存在すら忘れてしまったかのように、床に落ちた料理を凝視《ぎょうし》している。

その時、キングゴットンの肖像画《しょうぞうが》が突如《とつじょ》として動き、大きく口を開けたかと思うと、「グワァァッ！」と重々しい咆哮《ほうこう》を響《ひび》かせた。肖像画だと思っていたものは、キングゴットンを映した、大きなモニターだったのだ。

「綿あめを、粗末《そまつ》にしたなあ！」

その声は部屋全体に響《ひび》き渡《わた》った。

「申し訳ございません！」「許してください！」「助けてえ！」

ベアグミたちがそのキングゴットンに向かって、許しを願う。

「お仕置《しお》きをしてやれ！」

キングゴットンの号令《ごうれい》によって、天井《てんじょう》の穴《あな》から無数のゴットンたちが飛び出してきて、ベアグミたちに襲《おそ》いかかった。悲鳴が飛び交い、カラフルなグミの身体が逃《に》げ惑《まど》う。

たべっ子たちは、目の前で繰《く》り広《ひろ》げられる異様な光景に動けずにいた。

ゴットンは、空中をすばやく飛び回りながら、細い砂糖《さとう》の糸を放ち、それをベアグミの身体に絡《から》みつけていく。ベアグミたちの足が次々と固まり、動きが止まる。それでも逃げようとももがくが、綿あめの糸は無情にも絡みつき、全身を覆《おお》い尽《つ》くしていく。やがて、透明《とうめい》な砂糖のコーティングが身体を包《つつ》み込《こ》み、彼らは、ぴくりとも動かなくなった。

その姿《すがた》は、ねこちゃんが「妙《みょう》にリアル」と言っていたオカシーズの彫像《ちょうぞう》そっくりだった。

ぞうくんが息をのみ、壁際《かべぎわ》の彫像を見上げた。

――まさかこれも……。

「世界にはお菓子が多すぎる！」

地鳴りのような声がして、建物が揺《ゆ》れた。見ると、キングゴットンがたべっ子たちを見下ろしている。

「そう思わないかね!?」

ゴットンの声が鼓膜《こまく》をビリビリと震《ふる》わせる。――なんて威圧的《いあつてき》な声だ。ぞうくんは大きな耳をふさいだ。

「ラスク、キャンディ、クッキー、ケーキ、ビスケット、それに……たべっ子どうぶつ？　あああもう、うんざりだ！」

「なに言ってるんだコイツ？」

さるくんがいつものように軽口《かるくち》を叩《たた》くが、キングゴットににらまれ、口をつぐんでしまう。

「私は思う。お菓子は、綿あめだけでいい！」

宣言《せんげん》するように言い放ったかと思うと、キングゴットンは片方の口角《こうかく》を上げ、不遜《ふそん》に笑った。

「……ってね」

不気味《ぶきみ》な顔に似合わない、おどけた言い草に、たべっ子たちは思わず顔をしかめる。

「いや、ダメでしょ」

ねこちゃんが即座《そくざ》に切り返すと、うさぎちゃんも続ける。

「やばすぎ」

「毎日綿あめじゃ、飽《あ》きちゃうわ……」

きりんちゃんが勇気を振《ふ》り絞《しぼ》って言うと、かばちゃんも続けた。

「っていうかもう、綿あめしばらく食べたくない！」

そして、げぷう！　と豪快《ごうかい》なゲップを響《ひび》かせた。

「あら、失礼」

かばちゃんが、照《て》れ笑《わら》いを浮かべると、キングゴットンは天を仰《あお》ぎ、長いため息をついた。

「なるほど、おまえらとは意見が合わないようだな……」

その低く重い言葉に、たべっ子どうぶつたちは固唾《かたず》を飲んで耳を傾《かたむ》けた。

「やはりおまえらは……帰って来るべきではなかった！」

怒気をはらんだ咆哮《ほうこう》が、テーブルに並ぶ食器を震《ふる》わせ、床《ゆか》に落とした。食器が割れる音があちこちで響《ひび》く。

かばちゃんは驚《おどろ》いて立ち上がり、よろめいて、壁際《かべぎわ》に並んだ彫像《ちょうぞう》にぶつかった。

ゴトリッ！

倒《たお》れた彫像のコーティングがはがれ、内側から顔がのぞく。そこには、オカシーズのおびえた目があった。

「たすけ……て」

かすれた声が聞こえた瞬間《しゅんかん》、きりんちゃんが絶叫《ぜっきょう》した。

「キャアーッ！」

続いて、かばちゃんも「怖《こわ》すぎーっ！」と悲鳴を上げ、出口へ向かって駆《か》け出《だ》した。

「たべっ子どうぶつたちを、捕《つか》まえろっ！」

キングゴットンの命令が響《ひび》き渡《わた》った瞬間《しゅんかん》、頭上に浮《う》かんでいた無数のゴットンたちが、一斉《いっせい》にうねるように降下し、たべっ子たちに襲《おそ》いかかった。

たべっ子たちは、一番近くの扉《とびら》へと殺到《さっとう》した。だが、力いっぱい押《お》しても引いても、扉はびくともしない。

「こっちよ！」

ぺがさすちゃんが翼《つばさ》を羽ばたかせながら、厨房《ちゅうぼう》へと続く扉を指した。たべっ子たちは、一斉《いっせい》にその扉めがけて走った。

全員が団子状態《だんごじょうたい》になりながらも、どうにか扉の中へなだれ込む。

すかさずぺがさすちゃんが扉を閉めると、ぞうくんがその大きな背中で調理台を押し、バリケードのように扉をふさいだ。

「さあ、今のうちに！」

ぞうくんの言葉を聞いて、たべっ子たちは、反対側にあるもうひとつの扉《とびら》へと目を向け、勢いよく駆《か》け出《だ》した。先頭を走るらいおんくんが、コック帽《ぼう》をかぶったベアグミとぶつかるが、謝る余裕《よゆう》もなく、そのまま走り続ける。

たべっ子たちは、らいおんくんを先頭に、反対側の扉へと飛びこんだ。

扉を抜《ぬ》けると、そこは長く伸《の》びた渡《わた》り廊下《ろうか》だった。下には、広大な空間が広がっている。空間は不気味なほどに暗く、果てが見えない。

とまどう暇《ひま》もなく、たべっ子たちは走り続ける。

うさぎちゃんが駆《か》けながら、下をじっとのぞき込む。しばらくすると、暗闇《くらやみ》に目が慣れ、ぼんやりと動く無数の影《かげ》が見えてきた。彼女は息をのむ。

はるか下に、たくさんの人間がいた。

囚人服《しゅうじんふく》のような横縞《よこしま》の服を着せられた人々が、ベルトコンベアの両脇《りょうわき》に等間隔《とうかんかく》に並び、黙々《もくもく》と作業を続けている。彼《かれ》らは棒《ぼう》を手に取り、それを機械に差し込んでぐるぐると回していた。すると、棒の先端《せんたん》にピンクの綿あめが絡《から》みつき、大きな綿あめができ上がる。綿あめは、すぐ隣《となり》の機械に吸《す》い込《こ》まれたかと思うと、袋《ふくろ》に包《つつ》まれ、ベルトコンベアに乗せられて流れていく。

らいおんくんは目を見開いた。

「綿あめを作らされてる？　ここ、もしかして……綿あめ工場？」

だが、その答えを探す時間はないようだ。背後から、バリケードを破ったゴットンの群れが飛来してきた。

「急げーっ！」

らいおんくんが走るスピードを上げた。

すると今度は、前方からも、ゴットンの大群が飛んで来る。

「前からも来たー！」

ものすごい勢いで飛ぶゴットンたちが、一番前にいたらいおんくんの顔へ真正面から激突《げきとつ》し、顔を埋《う》めるように貼《は》りついた。らいおんくんは、そのままゴロゴロと後方へ転がり、後ろを走っていた、さるくんに盛大《せいだい》にぶつかる。

「どわあっ！」

その勢いのまま、さるくんも一緒に転がり、後ろを走るたべっ子たちは思わず急ブレーキを踏《ふ》む。逃げ道は完全にふさがれた。

かばちゃんはパニックに陥《おちい》り、絶叫《ぜっきょう》する。

「いやあーっ！」

――万事休すか。

ぞうくんがそう思った時、上空から風を切る音が聞こえた。

ぺがさすちゃんが翼《つばさ》を大きく広げ、降下《こうか》してくる。彼女はらいおんくんとさるくんを頭で跳《は》ね上《あ》げて背中に乗せ、勢いを止めることなく蹄《ひずめ》を鳴らして通路を駆《か》けた。

きりんちゃんも、恐怖《きょうふ》で目をぎゅっと閉じながら、闇雲《やみくも》に走り続けた。

ねこちゃんとうさぎちゃんは、きりんちゃんへ向かって飛び上がり、首にしがみついたかと思うと、素早く背中へ移動した。

その後ろから、ぞうくんが追いかける。見た目とは裏腹《うらはら》に、なかなかの俊足《しゅんそく》だ。

だが、それ以上に速いのが、かばちゃんだった。

「オーホホホ!」

恐怖のあまり笑いながら全力疾走《ぜんりょくしっそう》するかばちゃんの姿《すがた》に、ぞうくんは驚愕《きょうがく》する。

「かばちゃん、はやっ!」

ぞうくんは自分が最後尾になったことにショックを受け、足に力を込《こ》めた。

渡《わた》り廊下《ろうか》が終わり、たべっ子たちは、目の前の扉《とびら》に飛びこむ。

「うさぎちゃん! ワタシたち、どこに向かってるの!」

かばちゃんが小さな腕《うで》を、前へ後ろへと、せわしなく動かしながら走っている。

「わからない! だけど、とにかく逃《に》げないと!」

ぺがさすちゃんの背中の上では、さるくんが、先ほどらいおんくんの顔に貼《は》りついたゴットンを、力づくではがしていた。

「なんだこれ、ベタベタして、全然はがれねえ！」

さるくんは力任《ちからまか》せに、らいおんくんの口にくっついたゴットンをはがそうとする。

「んむー！」

らいおんくんの声にならない絶叫《ぜっきょう》の後、なんとかはがすことに成功した。

さるくんは最後の一体、らいおんくんの黄色いたてがみにくっついたゴットンをはがしにかかった。そのゴットンは、たてがみの毛にべったりと絡《から》みついて、なかなかはがせそうにない。

「痛いってば！　もっと優しくやってよ！」

「ムリ言うなよなあ！」

廊下が急に傾斜《けいしゃ》し、下り坂になった。

「うわあ！」

ぺがさすちゃんの態勢が前のめりになり、らいおんくんとさるくんは、ぺがさすちゃんの背中にしがみついた。

「もっと急いで！」

らいおんくんが、ぺがさすちゃんをせっつく。

「急いでるわよ！」

「ああっ！　やっぱり止まって！」

「どっちよ！」

「だってほら、前！」

道の先に、大きく口を開けた穴があった。

らいおんくんがあわてて、ぺがさすちゃんの首を後ろに引っ張った。ぺがさすちゃんは蹄《ひずめ》に力を込めて、急ブレーキをかける。

間一髪《かんいっぱつ》。穴《あな》の縁《ふち》ぎりぎりで立ち止まったぺがさすちゃんは、目の前の闇《やみ》をのぞき込《こ》む。

穴の中は、底が見えないほど深い。まるで地面に穿《うが》たれた暗黒の奈落《ならく》だ。

その横に追いついたきりんちゃんも首を傾《かたむ》け、穴の中をのぞき込む。

「すごく深い……」

彼女は小さくつぶやいた。

その時、背後から地響《じひび》きのような音が迫《せま》ってくる。

ドドドドドッ！

らいおんくんが反射的に振り返る。坂の上から、ぞうくんとかばちゃんが猛《もう》スピードで駆《か》け下《お》りてきた。下り坂でスピードが上がり、制御不能《せいぎょふのう》に陥《おちい》っているようだ。

「と、止まってー！」

「ごめーん！」「ムリーッ！」

ぞうくんの顔が引きつり、かばちゃんの身体からは滝《たき》のように汗《あせ》がふき出していた。

ふたりは勢いよく、きりんちゃんとぺがさすちゃんに激突《げきとつ》し、みんなを巻き込んで深い穴の中へと落ちていった。

「うわあああああーっ！」

たべっ子たちは、穴の底にうず高く盛り上がった山のようなもののテッペンに落下し、そのまま斜面《しゃめん》を転がり落ちる。そしてしばらく転がり続けて、ようやく平らな地面へと到達《とうたつ》した。

らいおんくんがゆっくりと身体を起こす。

あちこちにぶつかったものの、モフモフのボディのおかげで、大きなケガはなさそうだった。

他のみんなも、痛そうに顔をしかめながらも、無事に起き上がっている。

らいおんくんは、目の前の光景に息をのんだ。

山のようにうず高く積み上げられているのは、なんとお菓子《かし》だった。

見慣れたパッケージの箱や包《つつ》み紙。らいおんくんは、その中に見慣れたものがあるのに気がつき、手を伸《の》ばす。彼が手に取ったのは、ビスケット菓子の『たべっ子どうぶつ』だった。

「お菓子がこんなに？」

ねこちゃんが信じられないというようにつぶやく。

「しかも、まだ食べてないヤツばっかだぜ……っていてえっ！」

さるくんの頭に次々とお菓子の箱が降《ふ》ってきた。

「お、おい！　痛いって！　なんでオレにだけ当たるんだよ！」

さるくんが頭を抱《かか》えながら天を仰《あお》いだ。

穴の向こうには、ベアグミたちがいた。彼らは手押《てお》し車《ぐるま》を穴《あな》にかたむけ、お菓子を落としている。

「お菓子を捨ててる？」

ねこちゃんが口にした疑問に、ぞうくんが険《けわ》しい表情を浮《う》かべた。

「ゴットンは、綿あめ以外のお菓子を、こうやって捨てているのかもしれない」

ぞうくんは、胸の奥に黒い影《かげ》のようなものが広がるのを感じた。その時――。

ガサッ。

背後で物音が聞こえ、ねこちゃんが素早く振《ふ》り返《かえ》る。だが、そこにはお菓子が静かに積み上がっているだけだった。

すると今度は、らいおんくんの背後でも、ガサガサッと音がする。

「なにかいる……」

ぞうくんがつぶやく。積まれたお菓子の山の中を潜《もぐ》って移動する何かが、いる。

「みんな気をつけて！」

らいおんくんが皆を守るように両手を広げた。

たべっ子たちは、お菓子の中を、はうように移動している何かから後ずさり、お互《たが》いの背中を合わせるように身を寄せた。

突如《とつじょ》、小さな頭がぴょこっと飛び出した。たべっ子たちは思わず息をのむ。

そこにいたのは、カエルの帽子《ぼうし》をかぶった小さな子どもだった。年の頃は5歳くらいだろうか、くりくりとした大きな瞳《ひとみ》に、茶色くカールした髪《かみ》の毛。愛らしい顔立ちのその子は、驚《おどろ》いたように、たべっ子どうぶつたちをじっと見つめた。

「……だれ？」

沈黙《ちんもく》が広がる。

きりんちゃんがその小さな女の子にたずねる。

COOKIES

「わたし、ペロ！」

その無邪気《むじゃき》な自己紹介に、一同はただ困惑《こんわく》して立《た》ち尽《つ》くした。

「ペロ？」

「うん、ペロ」

「なにしてるの、ここで？」

うさぎちゃんの問いに、ペロと名乗る少女は、予想もしなかった答えを返してきた。

「おかし、ぬすんでる！　エヘッ！」

たべっ子たちは一瞬《いっしゅん》凍《こお》りついた。

「おかし、ぬすんで、あとで、おうちで、たべるの！」

ペロは両腕《りょううで》を腰《こし》にあて胸を張り、堂々と言い切った。

「おかし泥棒《どろぼう》？」

かわいい容姿《ようし》とのギャップに、らいおんくんが困惑したようにつぶやいた。

ペロはパッと顔を上げ、何かを思い出したかのように上空を見た。

「ゴッチャン……」

らいおんくんがその視線の先を追う。はるか上空には、不気味に漂《ただよ》うゴットンの影《かげ》があった。

さっきしつこく追ってきた連中に違《ちが》いない。

たべっ子たちの間に緊張《きんちょう》が走った。

「ゴットンだ」

うさぎちゃんが小さくつぶやく。ペロがそっとぞうくんの背中に隠《かく》れた。

「ゴッチャン、キライ……」

その声には、明らかな恐怖《きょうふ》が含《ふく》まれていた。小さな手がぎゅっとぞうくんの腕《うで》をつかむ。

「静かにしていれば大丈夫《だいじょうぶ》よ」

かばちゃんが優しくささやく。たべっ子たちは、静かに息を潜《ひそ》めた。

その時、らいおんくんの背筋《せすじ》がぞくりとした。たてがみの中で、何かがもぞもぞと動く気がしたのだ。らいおんくんはその違和感《いわかん》を確かめるため、目線を上へ送った。

らいおんくんが上目づかいに見ると、そこに目と口が現れた。それはたてがみに埋《う》まるようにくっついているゴットンだった。その体は、らいおんくんのたてがみに絡《から》まって、黄色く染《そ》まっていた。目を開けたゴットンは、悲鳴を上げる。

「ひゃーっ！」「うわあ　なんだあ！」

らいおんくんとゴットンの悲鳴が重なり、大きな声となって巨大《きょだい》な空間に響《ひび》く。

上空のゴットンたちはその声を聞きつけ、声のするほうへと視線を向けた。

「らいおんくん、なんで叫《さけ》ぶの！」

ぞうくんがあわてて問いただす。

「いや、だって！　なんかいるから！」

「やだ、なにそれ！」

かばちゃんが、らいおんくんの動くたてがみを見て声を上げる。

「なんだ、離《はな》れられないっ！」

らいおんくんのたてがみにくっついたゴットンが、なんとか離れようともがく。らいおんくんはたてがみごと上に引っ張られ、浮《う》かび上《あ》がった。

「いててて！　引っ張るな！」

その時だった。上空から無数のゴットンたちが、おそろしいスピードで向かってきた。

「ゴッチャンきたー！」

ペロが叫《さけ》び声《ごえ》を上げ、お菓子の山の中に潜《もぐ》り込《こ》んだ。

「あ、ちょっと!?」

うさぎちゃんがあわてて追いかけようとする。

「でぐち、こっち！」

お菓子の中から顔を出したペロが手招《てまね》きしている。

「出口があるの？」

ペロは、再びお菓子の中に顔を潜らせる。

「ペロを追うんだ！」

ぞうくんが声を上げた。

「穴掘《あなほ》りなら、うさぎちゃんに任せて！」

うさぎちゃんは得意げに言うと、手際《てぎわ》よくお菓子の山を掘り進めていった。その後《うし》ろ姿《すがた》を追って、ねこちゃんが叫《さけ》ぶ。

「行くわよ！」

ねこちゃん、さるくんがペロが入った穴《あな》に飛びこんだ。きりんちゃんも長い首を自分のお腹に巻《ま》き込《こ》んで、丸くなって穴を転がり落ちる。

「いやあー！」

みんなを追って、ぞうくんが穴《あな》に飛び込むが、大きなお腹が入口に引っかかってしまった。

「やだ！　ぞうくんがつっかえちゃった！」

かばちゃんが叫《さけ》んだ。ぞうくんは、顔を真っ赤にしてもがいている。

ぺがさすちゃんは上空を見上げる。ゴットンの集団は、すぐそこにまで迫《せま》っていた。

「間に合わない……」

ぺがさすちゃんは翼《つばさ》を広げて飛び立ち、角をゴットンに向け、飛びかかった。ゴットンは角にぶつかると細かく分裂《ぶんれつ》し、小さなゴットンになってふわふわと漂《ただよ》った。

らいおんくんが、そんなぺがさすちゃんを見て、ぞうくんに叫《さけ》ぶ。

「急いで！」

ぺがさすちゃんの奮闘《ふんとう》が、時間の猶予《ゆうよ》を与《あた》えてくれているが、ゴットンの数はまだまだ多い。そのうち、ぺがさすちゃんの力がつきてしまうだろう。

「ぞうくん、ごめんね！」

かばちゃんがぞうくんの頭に飛び乗る。かばちゃんの全体重が乗ったぞうくんは、ようやく穴の中へ落ちることができた。かばちゃんも、ぞうくんと一緒《いっしょ》に穴へ落ちていった。

「やったわよー！」

「よし！」

今なら穴に逃《に》げ込《こ》める。らいおんくんはぺがさすちゃんを見た。だが——。

「あっ！」

ぺがさすちゃんの翼《つばさ》に何体ものゴットンが貼《は》りつき、彼女の体はよろよろと揺《ゆ》れていた。そんなぺがさすちゃんに、ゴットンが次々と体当たりを繰《く》り返《かえ》し、くっついていく。

「ぺがさすちゃん！」

らいおんくんが叫《さけ》んだ。

「待ってて！　ボクが助けるから！　なにか武器になるもの……武器になるもの……」

彼は辺りを見回し、近くにあった『ギンビス　アスパラガス』を手に取った。それは1968年に発売されたスティックタイプのビスケット。アスパラガスという名前なのに、アスパラガスの成分はまったく入っていない。固い食感が有名な、お菓子のベストセラーだった。

固い棒状《ぼうじょう》のお菓子なら武器になるかもしれないと、らいおんくんは1本取りだして、剣《けん》のように構えた。

「って、短いわ！」

ギンビスアスパラガスは約10センチ。とてもじゃないが武器にはならなかった……。

「あーあ、がっかりだぜ」

らいおんくんが手を下ろすと、たてがみのゴットンが皮肉っぽく言った。

「え？」

「たべっ子どうぶつのらいおんくんって、もっと頭がいいと思ってたけどな」

カチンときたらいおんくんは、黒目を上に向けて「うるさいっ！」とゴットンをにらんだ。

「きゃあ！」

大きな悲鳴がして、らいおんくんが見上げると、ぺがさすちゃんが無数のゴットンに貼《は》りつかれ、動きを完全に封《ふう》じられている。

「ぺがさすちゃん！」

らいおんくんの視線がぺがさすちゃんの視線と重なる。ぺがさすちゃんはか細い声で訴《うった》えた。

「助けて……」

「待ってて！」

らいおんくんは、全速力でお菓子の山を駆《か》け上《あ》がっていく。その足は迷《まよ》いなく、頂点へと向かっていた。頂上に着くと、大きく飛び上がり、ぺがさすちゃんの足をつかもうと手を伸《の》ばす。

だが、あと5センチばかり届《とど》かず、らいおんくんは落下してしまった。

「イヤーッ！」

らいおんくんは叫《さけ》びながら、頭からお菓子の山に突《つ》っ込《こ》んで、そのまま山を転がり落ち、みんなが落ちて行った穴の中へスポン！　と入った。

らいおんくんは、ぐるぐると回転しながら、深いトンネルの中を転がり続けた。叫び声だけがこだまする。

「うわあああ！」

しばらくすると、らいおんくんは平らな場所に着地して、ようやく立ち上がることができた。

「よし、逃《に》げないと」

通路を前へ進みかけたらいおんくんは、すぐに立ち止まる。

「違《ちが》う！　ぺがさすちゃんを助けないと！」

身体を反転させ、落ちてきた穴を駆け上がろうとする。その時、ゴゴゴゴゴ……と地響《じひび》きがして、穴の上からお菓子が崩《くず》れ落《お》ちてきた。

「やばい、やばい、やばい、やばいってえ！」

らいおんくんは叫びながら、再び反対方向へと走り出した。お菓子の崩落《ほうらく》は、らいおんくんのすぐ背後にまで迫《せま》ってくる。もはやここまでというところで、らいおんくんは、穴《あな》の向こうに光を見た。出口はすぐそこだ。

らいおんくんは足に力を込めて、光に向かって走り続けた。

たべっ子どうぶつ
THE STORY

第 3 章

「らいおんくんと、ぺがさすちゃんは、まだかしら？」

かばちゃんは両手《りょうて》を胸元で重ねて、心配そうに祈《いの》った。

先に城から脱出したたべっ子たちは、自分たちが出てきた城壁《じょうへき》の亀裂《きれつ》を見上げて、彼らの到《とう》着《ちゃく》を待っていた。

ゴゴゴゴゴ……。

台地に響《ひび》く振動《しんどう》に、みんなが身構える。その地響きは、城のほうからやってくるようだ。

「うわーっ！」

「らいおんくんの声だわ！」

かばちゃんが叫《さけ》んだ。

らいおんくんが、全速力で走ってきた勢いのまま飛び出して、大きな跳躍《ちょうやく》を見せる。ぞうくんが両手を広げて、落下してくるらいおんくんを受け止めようとした。だが、あまりの勢いに、ぞうくんは受け止めきれず、２人は抱《だ》き合《あ》ったまま、地面を転がった。

そして、らいおんくんを追いかけるように、大量のお菓子の袋や箱が穴から吹《ふ》き出《だ》して、亀《き》裂《れつ》は完全にふさがった。

やがて地鳴りは収まり、街は静寂《せいじゃく》に包《つつ》まれた。

「も、もうダメかと思った」

らいおんくんは、呼吸を整えようと大きく息を吐《は》いた。

目の前の危機から解放されたたべっ子たちは、おそるおそる肩の力を抜《ぬ》く。

スイーツランドに帰ってきてまだ2時間ほどしか経っていないというのに、この命からがらの脱出劇《だっしゅつげき》で、たべっ子たちは疲《つか》れきっていた。

「まったくなんなの、あのゴットンとかいう綿あめたちは！」

かばちゃんの大きな鼻の穴は（かばの鼻は、水中で水が入ってこないように蓋《ふた》ができる）、閉じたり開いたりと忙《いそが》しい。

「ゴッチャンだよ」

「そう、あのゴッチャンが！　……え？　ゴッチャン？」

かばちゃんがペロを見て首をかしげる。

ねこちゃんがペロに諭《さと》すように話しかけた。

「ゴットン、ね」

「そう、ゴッチャン」

ペロがうなずきながら応える。

「まだちっちゃいから、上手《うま》くしゃべれないのね」

うさぎちゃんがペロを見ながら微笑《ほほえ》む。

ペロはまだ5歳。そのぐらいの子どもにはよくあることだ。いわゆる舌《した》っ足《た》らずという状態で、「ゴットン」と上手く発音することができないのだろう。

かばちゃんが周囲を見渡《みわた》し、ふと気がついた。

「ねえ、ぺがさすちゃんは？」

いつも上空にいるはずの、美しい白馬が見当たらない。

「まだ塔《とう》の中だ」

らいおんくんが背中を向けたままに答える。

「え？」

うさぎちゃんが驚《おどろ》いたように声を上げた。

「ぺがさすちゃんは、あいつらに捕《つか》まった……」

らいおんくんの顔が悔《くや》しさに歪《ゆが》んだ。だが、背中越しに話すらいおんくんの表情は、ねこちゃんからは見えない。彼女は鋭《するど》い目をらいおんくんの背中に向けた。

「じゃあなに？　彼女を見捨てて逃《に》げだしたの？」

「逃げたんじゃない！」

らいおんくんはねこちゃんのほうを向いて、強く否定する。

「でもまあ……結果的には……そうなったけど……」

らいおんくんは、つい視線をそらした。

「じゃあ、やっぱり逃げたんだろ！」

さるくんが責めるように言う。

「すぐに引き返して、絶対に助けるさ！」

「いつ？　いつ助けるの？」

かばちゃんがしつこく詰問《きつもん》する。らいおんくんが城のほうを見ながら答えた。

「今すぐ……」

だが亀裂《きれつ》は、崩《くず》れたお菓子でみっちりとふさがっている。再び入ることは不可能に思えた。

「……はムリだけど」

らいおんくんが力なくつぶやく。

「あきらめた!?」

大げさに両手を広げたさるくんに、らいおんくんが反論する。

「だって、あれムリじゃん！　穴《あな》、ふさがってるじゃん！」

「静かに」

ぞうくんが空を見上げながら、らいおんくんの口をふさいだ。

みんなの視線が上を向く。城の周囲に、無数のゴットンが飛んでいる。たべっ子たちを捜《さが》し、険《けわ》しい目線をあちらこちらへ向けている。

「ゴッチャン、こわい」

ペロが小さな声でつぶやくと、城を背にして走り出した。

「あ、ダメよ、ちょっと待って」

かばちゃんがペロをあわてて追うが、短い足がもつれて、お腹から盛大《せいだい》に転んでしまった。

「いたあい！」

かばちゃんの声が静寂《せいじゃく》を裂《さ》いた。遠くにいたゴットンたちが一斉《いっせい》にたべっ子たちに向いた。

「いたぞ！　たべっ子どうぶつだ！」

ゴットンの叫《さけ》び声《ごえ》が聞こえた。

「見つかった！」

ぞうくんの声と同時に、たべっ子たちはゴットンに背を向けて走り出した。

すぐに無数のゴットンたちが、たべっ子たちを追ってきた。

「ペロ、乗って！」

きりんちゃんがペロのお尻《しり》に頭をつけて持ち上げた。

たべっ子たちが全力疾走《ぜんりょくしっそう》で走るのは、スイーツランドの住宅街《じゅうたくがい》だ。道や、レンガ造りの建物にも、ところどころにピンク色の綿あめが貼《は》りついている。建物の木戸は固く閉ざされ、相変わらず人影《ひとかげ》は見えない。

たべっ子たちは、地面にある綿あめに足をとられないよう駆《か》けた。

だが、空を飛ぶゴットンたちに、じりじりと間を詰《つ》められていく。

たべっ子たちの、悲鳴のような呼吸音《こきゅうおん》が街に響《ひび》く。

「げ、限界よーっ！」

かばちゃんが息を切らしながら叫んだ。

「どこに向かってるの？」

ねこちゃんが先頭を行くきりんちゃんに聞く。

「わからないのぉ」

きりんちゃんは、頭の上に乗ったペロに誘導《ゆうどう》されるがままに走っている。ペロはきりんちゃんの角《つの》をつかみ、頭を右へ左へとかたむけて、「あっち!」「こっち!」「そっち!」と、きりんちゃんを誘導《ゆうどう》している。

やがて、道の向こうに1人の男が現れた。白髪頭《しらがあたま》にカウボーイハットをかぶり、メガネの奥の鋭《するど》い眼光は、前をしっかり見据《みす》えている。

その男は、スイーツランド大学のマッカロン教授だった。

「きょうじゅー!」

ペロたちが近づいてくる様子を見て、マッカロンはおもむろに、カモフラージュの幕《まく》を外した。そこには巨大《きょだい》なサーキュレーターが隠《かく》されていた。

「たちけてー!」

きりんちゃんの上に乗ったペロが叫《さけ》ぶ。

マッカロンは、ペロたちが駆《か》け抜《ぬ》けていくのを背後に見送ると、サーキュレーター(送風機)のスイッチを入れた。ファンが逆回転して、追ってきたゴットンたちを吸《す》いこもうとする。あわてて戻《もど》ろうとしても、強風が彼らをとらえて逃《に》がさない。ゴットンの顔が、長く、長ーく変形する。

「ぶぶぶぶぶ!」

抵抗《ていこう》むなしく、ゴットンたちはサーキュレーターに吸いこまれ、細かくなって吐《は》き出《だ》された。

小さくなったゴットンは、風に飛ばされ、どこかへと消えていく。

「すごっ！」

さるくんが驚《おどろ》きの声を上げた。

「早く行け！　追っ手が来る！」

マッカロンが叫《さけ》ぶと、ペロはきりんちゃんから飛び降りて、建物に駆《か》け寄《よ》り、地下へ通じる階段を下りた。そして半地下にある扉《とびら》を開けて、中へと滑《すべ》り込《こ》んだ。

たべっ子たちはその小さな体を追いかけて、次々と扉の中へと入っていった。


扉の先は階段だった。たべっ子たちは、段を弾《はず》むように転がり落ちる。十段ほど落ちて、踊《おど》り場の壁《かべ》にぶつかり、右に折れて続く階段をも転げ落ち、ついに床《ゆか》に倒《たお》れ込《こ》んだ。

「イタタタ……」

らいおんくんが、床に強打した顔をさすりながら、身体を起こして目を凝《こ》らす。

そこは、薄暗《うすぐら》いバーのような場所だった。窓はなく、ぼんやりとした照明が数個あるだけ。

壁際には、古びたカウンターと高めのイスがあって、幾重《いくえ》にもついた汚《よご》れが、鈍《にぶ》い光を放っている。

らいおんくんは、そのカウンターの奥に立つ、恰幅《かっぷく》のいい男と目が合った。広い肩幅《かたはば》、熱い胸板《むないた》、そして、あごにはたっぷりとしたヒゲ。

カウンター前のイスには長身で細身の、アフロヘアーの男が座っている。

ふたりとも、たべっ子たちを、にらみつけていた。

――このおじさんたちは、怖《こわ》い人？　ボクたちを襲《おそ》ってくる？

らいおんくんが身構えた時、男たちは「ひやぁぁ！」と叫《さけ》んだ。アフロヘアーの男はイスから飛び上がり、カウンターを超《こ》えて、あごひげの男と一緒にカウンターの下に姿《すがた》を消した。

「俺たちは、悪いことはなにもしてねえ！」

アフロヘアーの男がカウンターから目まで出して、らいおんくんたちをビクビクと見ている。

「お菓子は食ってねえ！　だよな、アフロ？」

そのすぐ横にいるあごひげの男が言った。

「バカ！　あごひげ、それを言うな！」

アフロと呼ばれた男があごひげの頭を叩《たた》く。あごひげは「いけねえ」と口を手で押さえた。

「ペロ」

階段の踊《おど》り場《ば》に、たべっ子たちのピンチを救ったマッカロンが立っていた。このバーに不似《ふに》合《あ》いな、ネイビーの背広を、きっちりと寸分《すんぶん》の隙《すき》なく着こなしている。油断なく細められた目元から、神経質な性格が見てとれる。

「こいつらは、いったいなんだ？」

「しらない」

ペロはあっさりと答えた。

「知らないって、そんな！」

――一緒にスイーツランド城の大脱出劇《だいだっしゅつげき》を乗《の》り超《こ》えた仲じゃないか！

らいおんくんは、ペロの顔をじっと見つめた。その瞳《ひとみ》には驚《おどろ》きと困惑《こんわく》が入《い》り混《ま》じっていた。

「かってについてきた」

ペロは素《そ》っ気《け》なく言い放ち、テーブル前のイスに飛び乗った。

「ボクたち、キミを助けたじゃない！」

らいおんくんの叫《さけ》びに、ねこちゃんが首をかしげた。

「助けたっけ？」

「多分、助けてない」

うさぎちゃんが答える。

「なあ」

野太い声に皆が振《ふ》り向《む》いた。カウンター奥にいるあごひげだった。

「もしかしておまえら……たべっ子どうぶつか？」

「そうだよ」

らいおんくんが答えると、アフロが驚《おどろ》いた様子で言った。

「逃《に》げたんじゃ、なかったのか？」

「逃げた？」

意外な言葉にらいおんくんは驚いた。

「そうさ、外国へ逃げたって聞いたぞ」

「逃げてない！　たべっ子どうぶつは、みんなのアイドル！　そしてボクはそのリーダー、らいおんくん！　逃げるワケないでしょ？　ねえ」

らいおんくんは胸を張って自信満々に振り返った。しかし目に飛び込んできたのは、冷めた表情でじっと見つめる仲間たちの視線だった。

誰一人として言葉を発さない。

ただ静かな空気が漂《ただよ》う中、ぞうくんだけが気まずそうに苦笑いを浮《う》かべている。

その瞬間《しゅんかん》、らいおんくんは気づいてしまった。

——ボクは、みんなの信頼を失っている。

らいおんくんはそのショックに耐《た》えきれず、思わず後ろへよろけた。

「おっとあぶねえ！」

頭上から聞こえた声に、らいおんくんは「ん？」と固まる。

たべっ子たちも、声のした方角を見回すが、そこには誰の姿《すがた》もなかった。じっと様子をうかがっていると、らいおんくんのたてがみが、もぞっと動いた。みんながたてがみに注目すると、またしても、もぞっと動く。

あごひげもアフロもそれに気づき、怪訝《けげん》な表情を浮かべて、らいおんくんのたてがみを見つめる。すると、たてがみが口を大きく開けて「ずはーっ！」と息を吸《す》った。

「あっ！」

みんなが一斉《いっせい》に声をあげる。すると今度は、たてがみにふたつの瞳《ひとみ》が現れて、パチッと開いた。それは、らいおんくんのたてがみに絡《から》みついた、あの黄色いゴットンだった。

「ゴットンだあ！」

あごひげとアフロがあわてふためく。

「ゴッチャンだ！」

ペロも叫《さけ》ぶ。

「話を聞かれたぞ！　捕《つか》まえろ！」

アフロがカウンターから飛び出してきた。

「ふん！」

ゴットンは逃《に》げようとするが、らいおんくんのたてがみからは逃《のが》れられない。

「いたたたた！　引っ張らないで！」

らいおんくんは、ゴットンに引っ張られ、あちらこちらへと走り回らされ、ついに身体を浮《う》かせてしまった。

天井近くを浮いているらいおんくんに、たべっ子たちが飛びついた。みんなは、必死にらいおんくんの足を引っ張った。だが、ゴットンは上に上に逃げようとするので、らいおんくんの顔と首が縦《たて》にどんどん伸《の》びていく。

「ぐぐぐ、ぐるじい！」

ペロはそれを見てケラケラと笑っている。

「いや、笑うとこじゃないから」

ねこちゃんが冷静につっこむ。

ゴットンはしばらく暴れていたがやがて力つき、らいおんくんと一緒に、床《ゆか》へ落下した。

「ぐえっ！」

らいおんくんのお尻《しり》の下で、さるくんが苦しげにうめいた。

「もう、なんでいつもこんな目に！」

たてがみから離《はな》れられないと悟《さと》ったゴットンは、観念して大人しくなった。

ペロが、かばちゃんの背後から顔をのぞかせ、おそるおそるゴットンを見ている。

「ゴッチャン……」

「ゴットンね」

かばちゃんは、背後のペロのほうを向いて、正した。だが、ペロがまたしても「ゴッチャン」と言うので「じゃあもう、それでいいわ」と苦笑いする。

ようやく、たべっ子のみんなは、思い思いの場所に座り、心を落ち着かせた。

ねこちゃんは酒だるで作ったテーブルの上に、まったりと身をまるめる。きりんちゃんは、全速力で走り続けた疲《つか》れがどっと出て、足を折りたたんで床《ゆか》に倒《たお》れるように座りこんだ。

「おまえたち、たべっ子どうぶつが姿《すがた》を消してすぐのことだ……」

マッカロンが語りだす。

「この国に、『お菓子禁止令』が出されたんだ」

たべっ子たちは驚《おどろ》いた様子で耳をかたむけた。

「お菓子は作ることも売ることも、そして食べることも禁止された。唯一《ゆいいつ》、許されたお菓子は綿あめだけ」

「綿あめ、だけ?」

うさぎちゃんが怪訝《けげん》な表情をしている。

「そんだけ〜?」

かばちゃんが片手を顔の横で、小刻《こきざ》みに揺《ゆ》らしながら言った。

「そりゃ、地獄《じごく》だぜ」

さるくんが両手をあげて大げさなポーズをとっている。

「そう、だからみんな綿あめにうんざりだ」

カウチに横たわるあごひげが、天井を見つめて言う。

「やがて、子どもたちから笑顔が消えた。それを見た大人たちも、笑わなくなった」

カウンターに座るアフロは、細長いお菓子を、まるで煙草《たばこ》のように、けだるく口にくわえた。

「そして、スイーツランドから笑顔が消えたんだ」

マッカロンは、残酷《ざんこく》な結末を静かに告げた。

「ひどい」

かばちゃんが小さな声でつぶやいた。

アフロもあごひげも、子どもの頃にお菓子を分け合いながら過ごした楽しい時間を、今も忘れずにいた。

家族や友だちとお菓子を囲《かこ》むだけで、自然と笑顔がこぼれた。自分が持ってきたお菓子を、友だちがおいしそうに頬張《ほおば》る姿《すがた》を見るのは、たまらない喜びだった。お菓子を受け取り、また次の誰《だれ》かへと手渡《てわた》す。そうしていると、言葉にしなくとも、心が通じ合う気がした。

だが、ゴットンは、そのかけがえのない時間をスイーツランドから奪《うば》い去《さ》った。

お菓子を分け合い食べることは、単なる食事ではない。誰かと気持ちを通わせる、特別な時間だった。それがあったからこそ、人々は笑い合い、絆《きずな》を深め、幸せを感じることができたのに……。

――お菓子を、笑顔を、奪《うば》われてたまるか。

彼らは、ゴットンの支配から逃れたわずかに残るお菓子を、命がけで守ることを誓《ちか》った。それはただの抵抗《ていこう》ではなく、大切なものを取《と》り戻《もど》すための戦いだった。

重く沈《しず》んだ空気を振《ふ》り払《はら》うように、アフロが口を開く。

「だから俺《おれ》たちは、ゴットンにお菓子を奪われる前に、奪ってやるのさ！　そう、俺たちはお菓子海賊《かしかいぞく》なんだ！」

その言葉に合わせて、アフロとあごひげは、真っ赤なスカーフを頭に巻《ま》いた。

「海賊って、単なるドロボウじゃない」

ねこちゃんが冷静に指摘する。

「違《ちが》う！　海賊！」

「ってここ、海じゃないし」

「海はなくとも、心は海賊っ！　オレたちは、禁止されたお菓子を腹一杯《はらいっぱい》食べる、ワル！」

「ワルって……」

ねこちゃんがアフロを横目で見ながら笑う。

「ペロもその〝イチミ〟だよ」

ペロが誇《ほこ》らしげに胸を張った。

「頼《たの》もしいお仲間さんね」

うさぎちゃんがペロに微笑《ほほえ》む。

ペロはずっと笑顔を絶やさない。うさぎちゃんはこの緊迫《きんぱく》した状況《じょうきょう》の中で、ペロの笑顔にいやしを感じていた。

「仲間は、他にもたくさんいるの?」

さるくんは期待を込《こ》めてアフロに聞いた。

たべっ子たちにとって、ゴットンは厄介《やっかい》な敵だ。そのゴットンにあらがうお菓子海賊とかいう連中は、頼もしい味方になるかもしれない――。

だが、アフロは悔《くや》しそうに目線を下げた。

「他のみんなは、ゴットンに捕《つか》まった」

「お菓子海賊だけじゃない。街の住人たちも、お菓子を家に隠《かく》していたり、笑い声を上げただけでゴットンに捕まった。そして今、その人たちは、スイーツランド城で働かされてる」

「やだ! あの綿あめ工場の人たちがそうなの?」

逃げる途中に、渡り廊下《ろうか》で見た綿あめ工場の作業員。あのすべてが、捕《と》らえられた人々だと知ったかばちゃんは、ぞっとして身体をプルルと震《ふる》わせた。

「そして、残ったみんなは、家から出なくなったんだ……」

ぞうくんがハッとしたように口を開く。

「だから、街に人がいなかったのか」

たべっ子たちはその現実に言葉を失い、肩を落とした。

その沈黙《ちんもく》を破るように、あごひげが口を開いた。

「なあ、おまえたち、ゴットンに追われて、ここまで来たんだろ？」

「うん」

らいおんくんは素直にうなずいた。

「悪いけど、ここから出てってくれないかな？」

あごひげは申《もう》し訳《わけ》なそうに言った。

「ここは、俺《おれ》たち2人の家でもあるんだ。ゴットンに見つかるとさ、ほら、わかるだろ？」

アフロはそう告げて目を伏《ふ》せた。彼らは、ここから追い出されたたべっ子たちが、どれほど危険な状況《じょうきょう》に陥《おちい》るか、痛《いた》いほどわかっていた。しかし、彼らにもまた、どうしようもない事情がある。

アフロが頭のスカーフを外しながら言う。

「すまん……」

「でも、私たち、どこに行けばいいの？」

きりんちゃんが困惑《こんわく》しながら2人に聞いた。

「ワタシたちのお家は？」

かばちゃんはとにかく早く、自宅《じたく》のプールで泳ぎたかった。長い逃走劇《とうそうげき》で、ピンクのボディがかさついていた。美容に人一倍気をつかっているかばちゃんは、お肌《はだ》のコンディションが気になって仕方なかったのだ。プールに入って、シャワーを浴びて、全身にボディクリームを塗《ぬ》り、顔にパックをしたい。だが、そんな願いはすぐに打ち消された。

「家も事務所も、とっくにゴットンたちが見張ってるさ」

ぞうくんが頭を振《ふ》りながら答える。

「捕《つか》まりにいくようなもんね」

うさぎちゃんが視線を落とす。かばちゃんも「そんなあ……」と暗い声をもらした。

一同が黙《だま》り込む中、突然《とつぜん》ペロが声を上げた。

「うちにおいでよ！」

「ペロ！」

マッカロンが驚《おどろ》いたように声を上げる。らいおんくんは、期待に満ちた声で言った。

「いいの？」

「ダメだ」

マッカロンの言葉に、たべっ子たちは一斉《いっせい》に落胆《らくたん》の声を上げた。

「ゴットンは、こいつらを追っている。危ない橋は渡《わた》れない」

「見捨てないで……」

らいおんくんが上目使いにマッカロンを見る。

「おねが〜い」

たべっ子たちは目を輝《かがや》かせ、『カワイイ』を振《ふ》りまき、それぞれが得意のポーズと愛嬌《あいきょう》たっぷりの表情を決める。

だが、マッカロンは毅然《きぜん》とした態度を崩《くず》さず、低く冷静な声で答えた。

「ダメだ」

たべっ子たちの肩がしゅんと落ちる。しかし、その場の空気を読まずにペロが一歩前に出て、たべっ子たちを真似《まね》て「おねが〜い」と間延《まの》びした声で、無邪気《むじゃき》にカワイイアピールをした。

小さな両手を合わせたその姿《すがた》に、マッカロンの鋭《するど》い視線がわずかに揺《ゆ》らぐ。

「くっ」と低い声をもらし、彼は頭を抱《かか》えるようにしてしばし考え込んだ。そして、ため息とともに、観念したようにポツリと答えた。

「ああもう、仕方ない」

マッカロンは、ペロのカワイイアピールに屈《くっ》したのだ。

「やった！」

らいおんくんの歓声を横目に、マッカロンは階段を上がり、踊《おど》り場《ば》で隠《かく》し扉《とびら》を開けた。

「私とペロの家へ通じる、秘密《ひみつ》の通路だ。誰にも言うなよ」

振り返りざまにマッカロンは低い声でそう告げた。彼の視線は冷ややかにらいおんくんを一瞥《べつ》する。どこか突《つ》き放《はな》すような目つきは、彼が、完全にはたべっ子たちに心を許していない証《しょう》拠《こ》だ。

だが、らいおんくんはそんなマッカロンの心には気がつかない。

「ゴッチャン、おまえもだからな！」

らいおんくんが見上げて言う。

「オレはゴットンだ」

「たてがみに絡《から》みついて逃《に》げられないおまえなんて、ゴッチャンで上等だ」

「てめえ、許さねえからな！」

通称《つうしょう》ゴッチャンはプイッと上を向く。

「行くぞ」

マッカロンはすでに通路の中へと歩き出していた。

らいおんくんは、たべっ子のみんなに顔を向け、リーダー風をなんとか吹《ふ》かせ、「点呼《てんこ》をとるぞ！」と呼びかけた。

「いち！」

「に」と、らいおんくんの声に一番に応えたのはぞうくん。

「さーん」「よん」「ご」「ろく」

なんでこんなことを、と皆がめんどくさそうに続けていく。

「……なな」

ねこちゃんが渋々《しぶしぶ》といった感じで、ぼそりと答えた。

らいおんくんはゴッチャンを見上げて「おい、はちだよ、はち」とうながす。ゴッチャンは憤慨《ふんがい》し、「オレはお前らの仲間じゃねえよ！」とそっぽを向く。

その時、うさぎちゃんが気づいた。

「なんか少なくない？」

「あ！」

ねこちゃんが声を上げた。

「わにくんがいない」

「ひよこちゃんもだ！」

ぞうくんも続ける。

「待って、いつから？」「飛行機から降《お》りた時にはいたっけ？」

「スイーツランド城から逃《に》げだした時には？」「もう、いなかったかも」

今日一日、すでにいろんなことがあった、いや、ありすぎた。次々と押《お》し寄《よ》せるハプニングの波に飲み込まれ、たべっ子たちはもう頭の中がゴチャゴチャだった。だからだろう。仲間が足りないことに、まったく気づけなかったのは。

「わにくんとひよこちゃんは、いったいどこー!?」

たべっ子たちは、声を合わせて思わず叫《さけ》ぶ。その声は、夜のスイーツランドの街に響《ひび》いた。

その頃、わにくんとひよこちゃんは、まだ空港にいた。

滑走路《かっそうろ》に大型バイクが堂々と停まっている。

その大型バイクは、わにくんが、プライベートジェットのタイヤとエンジンを大胆《だいたん》に組み合わせ、独自に改造して作り上げたものだ。その結果、通常の規格《きかく》をはるかに超《こ》えた排気量《はいきりょう》をもつ、文字通りの〝スーパーバイク〟が誕生《たんじょう》した。見た目も性能も破格のマシンだ。

わにくんが、バイクのハンドルを握《にぎ》り、エンジンを吹《ふ》かした。ひよこちゃんは、後部の小さな専用シートにちょこんと腰《こし》かけ、シートベルトをカチリと締《し》めた。

「行くわによー！」

バイクは轟音《ごうおん》を上げ、満月が輝《かがや》く夜空の下を疾走《しっそう》する。

「ヒャッホーだわにー！」

「ぴー！」


一方、マッカロンの家では、たべっ子たちが、調度品《ちょうどひん》や部屋の壁《かべ》に飾《かざ》られた品々を興味深げに見ていた。

壁に飾られた写真には、マッカロンの歴史が刻《きざ》まれていた。

彼の幼《おさな》い頃の写真がある。幼稚園《ようちえん》の制服姿、小学校から大学生まで、どの写真でも彼の表情は変わらず、眉間《みけん》にシワをよせた難《むずか》しい顔をしている。

「これ、マッカロン教授《きょうじゅ》?」

きりんちゃんが写真を見て、ぼそりとつぶやいた。

それは赤《あか》ん坊《ぼう》のマッカロンだった。今と変わらぬ難しい顔で、おしゃぶりをくわえている。

「赤ん坊の頃からムスッとしてるのね」

かばちゃんが内緒話《ないしょばなし》をするようにきりんちゃんに言うと、ふたりの背後を、ちょうどマッカロンが通りかかった。

「親譲《おやゆず》りだ。我が家に笑顔は存在しない」

彼は冷ややかにぼそりと言い放つ。

かばちゃんは気まずくなり、きりんちゃんを見つめて小声でもらした。

「聞こえちゃった……」

写真に目を戻《もど》すと、そこに映るのは赤ん坊を抱《だ》く母親と、その隣《となり》に立つ父親。だが、その2人の顔もマッカロン同様、まるで喜びという感情を知らないような無表情をしている。

親子3人の写真は、どこか不思議な重たさを感じさせるものだった。

ゴッチャンも、少年時代のマッカロンの写真をじっと見つめていた。学力テストで好成績を収めた表彰状《ひょうしょうじょう》を手に持っている彼は、やはりむっつりとしている。

らいおんくんがその写真がかけられた壁《かべ》から移動しようとすると、ゴッチャンはたてがみをぐいっと引っ張って抵抗《ていこう》した。

「なんだよ！」

「ちょっと気になるんだ」

「なにが？」

ゴッチャンが写真から視線を離《はな》すことができない理由は、彼自身にもわからなかった。ただ、写真の中の少年時代のマッカロンが、何かを訴《うった》えかけているような気がしてならなかった。

やがて、台所からいい匂《にお》いが漂《ただよ》ってきた。

ペロが「ごはんのようい！」と元気よく声を上げながら、食器棚《しょっきだな》からスプーンとフォークを取り出し、テーブルに並べ始めた。

「私たちも手伝うわ」と、うさぎちゃんとねこちゃんがペロの作業を手伝った。

台所で、マッカロンは無表情のまま、にんじんをリズミカルに切り分けていた。その正確な手つきには迷《まよ》いがない。キャベツ、玉ねぎも次々と鍋《なべ》に投入され、湯気が立ちのぼる。最後に、冷蔵庫《れいぞうこ》から取り出したのは綿あめだ。彼はそれをためらうことなく鍋に放《ほお》り込《こ》み、静かにかき混ぜる。綿あめは溶《と》け、スープの表面が不思議な照りを帯びた。

ひとさじすくって味見をすると、マッカロンは満足げにうなずく。

「うむ……」

食卓《しょくたく》に、たべっ子たちとペロが座り、それぞれの前にスープ皿とパンが並んだ。

鍋を手にしたマッカロンが、皿に淡々《たんたん》とスープを注いでいく。

「綿あめのスープだ」

「また綿あめ？」

かばちゃんがうんざりな様子で言うと、マッカロンが冷静に返す。

「イヤなら食べなくていい」

「イヤってわけじゃないけど……」

かばちゃんは言葉をにごす。その横で、ペロが元気よく叫《さけ》んだ。

「いたららます！」

「言えてないから」

ねこちゃんがツッコミを入れる。ペロは「いた、ら、だだだ、だす!」と一生懸命《いっしょうけんめい》繰《く》り返《かえ》す。

「あり? いえない」

マッカロンは、ペロに優《やさ》しい視線を送る。

「そのうち言えるようになる。さあ、お食べ」

「うん!」

ペロがうなずき、スプーンを手に取りスープを口に運ぶ。

「うま!」

ペロの声を聞いて、たべっ子たちのお腹が一斉《いっせい》に鳴る。そして我慢《がまん》できなくなったみんなが、一斉にスープにがっついた。

「おいしい!」

たべっ子たちは夢中になって、スープとパンを食べた。

マッカロンも無言で、静かにスープを口に運んだ。

らいおんくんは勢いよくスープを飲《の》み干《ほ》すと、皿を持ち上げ、ベロンと舌《した》をはわせて、わずかに残ったスープをなめ始めた。

「お行儀《ぎょうぎ》悪いわね」

ねこちゃんが冷たい視線を送る。かばちゃんとさるくんは、持ち上げかけていた皿をあわててテーブルに戻《もど》した。ふたりは気まずそうに視線を交わし、代わりにパンを皿につけて食べた。

ペロは、スープをすくったスプーンを持ち上げると、ゴッチャンのほうへ差し出した。

「はい、ゴッチャン」

「いらねえ！」

「好き嫌《きら》いはよくないぞ」

らいおんくんが、そんなゴッチャンに説教する。しかし、ゴッチャンはすかさず言い返した。

「おまえさっき、ねこに怒られてたろ！」

「はい、ゴッチャン」

「だからいらねえって！」

そのにぎやかなやりとりには、どこか温かい空気が漂《ただよ》っていた。奇妙《きみょう》なメンバーでの、和《なご》やかな食事だった。

「かわいいお孫《まご》さんね」

うさぎちゃんが微笑《ほほえ》むと、マッカロンは静かにスプーンを置いて話し始めた。

「ペロは孫ではない」

マッカロンの視線はどこか遠くを見つめていた。

「ペロの両親はゴットンに捕《つか》まった。私は、ひとりになったペロを引き取っただけだ」

その事実にうさぎちゃんは表情を暗くした。

「そうだったの……」

「偉《えら》いわね」

かばちゃんが感心したように言うと、マッカロンは再び首を振《ふ》る。

「偉くなんかない。むしろ、私たちお菓子海賊《かしかいぞく》はペロに助けられている。食《く》いしん坊《ぼう》のペロは、お菓子の匂《にお》いに敏感《びんかん》だ。お菓子禁止令が出された後、スーパーの倉庫や輸送トラックに放置されたままのお菓子を、ペロは、匂いを頼《たよ》りに見つけだしてくれるんだ。それだけじゃない、ペロのおかげで、私は仲間を見つけることができた」

「仲間……お菓子海賊を？」

ぞうくんが聞くと、マッカロンはゆっくりとうなずいた。

「そうだ。かつて彼らは、それぞれが単独でお菓子を集めていた。そんな彼らの隠《かく》れ家《が》を、ペロは、匂いを頼りに見つけることができたんだ」

「すげえ」

さるくんがテーブルに手をついて、身を乗り出した。

「仲間は増え、私たちはお菓子海賊と名乗った。そして、お菓子を盗《ぬす》んでは、街の子どもたちに分《わ》け与《あた》えていたんだ」

「だからペロは、スイーツランド城でお菓子を盗んでいたんだね」

ぞうくんが優しい笑顔をペロに向けた。

「やるじゃん、ペロ!」

さるくんが言うと、ペロは誇《ほこ》らしげに胸を張った。

「うふん!」

「そこは、多分だけど、『えへん』ね」

その様子を見たねこちゃんが指摘《してき》した。

「お?」

ペロはきょとんとした表情でねこちゃんを見る。その仕草《しぐさ》がおかしくて、食卓《しょくたく》に笑い声が広がった。

「スイーツランド城への入口も、ペロだから見つけられたんだ」

「でも、あそこ、もういけないよ」

マッカロンの言葉に、ペロが少し悲しげに反応した。

「お菓子でふさがっちゃったもんねえ」

かばちゃんが肩を落とした。

「そうか……」

マッカロンはその言葉を理解し、静かにうなずく。

「他に抜《ぬ》け穴《あな》はないの？」

らいおんくんが真剣《しんけん》な顔で聞く。

「城へ行ってどうするつもりだ？」

「ぺがさすちゃんを助けるんだ！」

らいおんくんの声には、確かな決意が込《こ》められていた。だが、さるくんが皮肉っぽく笑う。

「助ける気なんて、ないくせに」

「あるさ！」

「らいおんくんは、ぺがさすちゃんが邪魔《じゃま》なんだ。そうだろ？」

「違《ちが》う！」

らいおんくんは断固として否定《ひてい》するが、そのムキになった感じも、たべっ子たちには、嘘《うそ》をついているように見えてしまう。

きりんちゃんが今朝の出来事を思い出した。らいおんくんとぺがさすちゃんが言い争っていた光景が脳裏《のうり》に浮《う》かぶ。

「たしかに、飛行機の中でもケンカしてたわ」

「だから見捨てたんだな」

さるくんの追及は止まらない。

「だから違うって！」

らいおんくんは、潔白《けっぱく》を証明するために声を大きくする。それでも、仲間たちの不信感を払拭《ふっしょく》することはできなかった。たべっ子たちの視線が、らいおんくんに突《つ》き刺《さ》さる。その視線に耐《た》えかねたらいおんくんは、丸い牙《きば》を噛《か》み締《し》めた。

すると、そのやりとりをじっと聞いていたゴッチャンが口をはさんだ。

「コイツが言ってることは、本当だ」

たべっ子たちが同時に、顔をゴッチャンに向ける。

「こいつは、ぺがさすを助けようとしてた。まあ、結果、助けられなかったけどな」

らいおんくんは、ゴッチャンに目を向け、静かに問いかけた。

「ねえ、どうして？」

「別におまえをかばったわけじゃない。コイツらだって一目散《いちもくさん》に逃《に》げたくせに、おまえのことばかり責めてるから、ちょっとムカついただけだ」

吐《は》き捨《す》てるように言うゴッチャンの言葉が、たべっ子たちを沈黙《ちんもく》させる。

「そうだったのね……」

かばちゃんが申し訳なさそうにつぶやくと、さるくんもうつむいて言葉を絞《しぼ》り出《だ》した。

「疑《うたが》って、ゴメン」

らいおんくんは小さく首を振りながら答える。

「ううん。いいんだ」

そして、ゴッチャンに顔を向ける。

「おまえ、イイヤツなんだな」

ゴッチャンは照れたように目を背け、鼻からふんと息をもらす。

「油断するなよ。このたてがみから離《はな》れることができたら、ここも、おまえたちのことも、すべてキングゴットンさまに報告するからな！」

「やっぱ、おまえ、ヤなヤツだ」

たべっ子たちは皆、やれやれと目を細める。

「ねえ教授《きょうじゅ》、ゴットンに弱点ってないの？」

きりんちゃんが問いかけた。

「そんなもの知っていたら、苦労はしない」

マッカロンの返答は簡潔《かんけつ》だが、その口調には深い重みがあった。

「ま、そうだよなあ」

さるくんが肩を落としながらつぶやく。

「もう！　打つ手ナシッ！」

かばちゃんが大げさに両手を振《ふ》り上《あ》げテーブルを叩《たた》く。机の上のコップが跳《は》ね上《あ》がり、中の水がらいおんくんにかかりそうになった。らいおんくんがびっくりするより先に、ゴッチャンが叫《さけ》び声を上げる。

「危ない！」

反射的に後ろへ避《よ》けて、らいおんくんのたてがみを強く引っ張る。

「痛《いた》いっ！」

たてがみを引っ張られたらいおんくんは、バランスを崩《くず》してイスから転げ落ちた。

「だって水！　水がさ！」

焦《あせ》った様子のゴッチャンが叫《さけ》ぶ。その声は明らかに動揺《どうよう》していた。

「水？」

ぞうくんがいぶかしげに問い返す。ゴッチャンは一瞬《いっしゅん》口を開きかけたが、言葉を飲み込んで視線をそらす。ぞうくんがもう一度同じ質問を繰《く》り返《かえ》す。

「水が？　どうしたの？」

気まずそうに黙《だま》るゴッチャンを、ぞうくんがジッと見つめた。その視線に、ゴッチャンは目を泳がせた。

「はっはーん」

ぞうくんが突然《とつぜん》にやりと笑った。

ぞうくんがそうやって笑うときは、なにか妙案《みょうあん》を思いついた時だ。そのことを、たべっ子のみんなはよく知っていた。現に今、彼の顔には何かをつかんだ確信の色が浮《う》かんでいる。

「な、なんだよその顔は……」

ゴッチャンの声がかすかに震《ふる》えている。その反応に、ぞうくんの笑顔はますます広がった。

「ふふふ……ふははは！」

キャラ変したかのように笑うぞうくんを見て、らいおんくんはゾッとした。


ぴちょん……。

バスルームに水滴《すいてき》の落ちる音が響《ひび》く。

湿《しめ》った空気の中、らいおんくんはシャワーヘッドの真下に立っている。手を伸《の》ばし、蛇口《じゃぐち》にそっと触《ふ》れる。ほんの少しでもひねれば、冷たい水が容赦《ようしゃ》なく彼の頭に降《ふ》り注《そそ》ぐだろう。

「ま、待て！　頼《たの》むからそれはやめてくれ！」

ゴッチャンの声の震えが、その焦《あせ》りを如実《にょじつ》に物語っていた。

らいおんくんはシャワーカーテン越《ご》しに立つ、ぞうくんへと視線を向ける。

ぞうくんはペロから借りたスケッチブックにサインペンを走らせ、何やら書き込んだ。それをらいおんくんは不器用に読み上げた。

「言え……どうやったら……ゴットンたちに気づかれずに……スイーツランド城に入れる？」

ゴッチャンは即座《そくざ》に反発する。

「言うかそんなこと！」

らいおんくんは、困《こま》ったようにぞうくんに再び目をやる。すると、ぞうくんはさらに文字を書き加える。らいおんくんはつっかえながらも、それを読み上げた。

「仕方ない……ならば、消すの、みだ。あ、間違えた！　……消すのみだ」

——ちょっとぞうくん、消すって、言い過ぎじゃない？

らいおんくんは内心でツッコミを入れるが、ぞうくんの真剣《しんけん》な顔を見ると、口には出せない。

「お、脅《おど》しには屈《くっ》しないぞ！」

ゴッチャンの言葉には、明らかな動揺《どうよう》が見えた。

ぞうくんはまたしてもスケッチブックに素早くペンを走らせた。

そこにはこう書かれている——『そして、蛇口《じゃぐち》を少しひねる』

らいおんくんは、指示として書かれた文字を、セリフとしてそのまま読み上げてしまう。

「そして、蛇口を少しひねる！」

その瞬間《しゅんかん》、ぞうくんが恐《おそ》ろしい形相《ぎょうそう》で首を横に振《ふ》った。

「え？　なに？」

らいおんくんがとまどう中、ぞうくんは猛烈《もうれつ》な勢いでスケッチブックに新たな文字を書き加える。そしてそれをらいおんくんへ、ぴしゃりと突《つ》きつけた。

『今のは読まない！』

「今のは読まない！　あ、読んじゃいけなかった？」

らいおんくんはあわてて弁解しようとするが、ぞうくんの目は冷たく光っている。

ぞうくんの頭の中では、スパイ小説のワンシーンが再現されているのだろう。その迫力《はくりょく》に押《お》され、らいおんくんはタジタジだ。

ぞうくんはスケッチブックのページを逆にめくり、『そして、蛇口を少しひねる』と書かれたページをらいおんくんに見せた。

その内容を読んだらいおんくんは、仕方なく蛇口に置いた手をひねる。シャワーのヘッドから一滴《いってき》の水がゴッチャンのすぐそばに落ちた。

「ひゃあ！」

ゴッチャンが飛び上がるように声を上げた。その動揺ぶりに、ぞうくんは勝《か》ち誇《ほこ》ったように鼻をふんと鳴らす。

「待てっ！　知らないんだ！　入口は塔《とう》の真ん中にしかない！」

「本当か？」

「本当だって！」

ゴッチャンは懇願《こんがん》するように答える。

「気球でおまえたちが入ったあの入り口だ！　かなりの高さにあるし、飛べないおまえらじゃ、あそこにたどり着けない！　それに今は、石の扉《とびら》で固く閉ざされてるはずだ！」

らいおんくんが疑《うたが》いの目を上へ向ける。それを感じたゴッチャンは必死に命乞《いのちご》いを続ける。

「信じてくれ！　頼《たの》む、水はやめてくれ！」

ゴッチャンの声は必死そのものだった。

だが、ぞうくんは容赦《ようしゃ》しない。スケッチブックに新たに文字を書き込み、それをらいおんくんに差し出すと、らいおんくんがそれを読み上げた。

「そうはいかねえ。おまえを生かしておいたら、俺《おれ》たちに危険が及ぶ。消えてもらうぜ！」

——「ぜ！」ってどんなキャラ設定？

らいおんくんはあきれた視線をぞうくんへ送る。ぞうくんはかまわず、ジェスチャーで、シャワーをひねるようにうながしてきた。らいおんくんは仕方なく蛇口《じゃぐち》をもう少しひねった。今度は数滴《すうてき》が、ポタリポタリとゴッチャンのすぐ脇《わき》と目の前に落ちていく。

「わーわーわー！　待って！」

ゴッチャンが叫《さけ》びながら必死に声を上げた。

「おまえたちのことはキングゴットンにしゃべらない。約束するからっ！」

ゴッチャンが涙目《なみだめ》で懇願した。

「だから、頼む。水はやめてくれぇ……」

その切実な声に、らいおんくんは同情して、ぞうくんに顔を向ける。

「これ以上はかわいそうだよ……」

だが、ぞうくんは無情だった。スケッチブックには、『容赦するな』と書かれている。

――ぞうくん、小説の読み過ぎだよー。

らいおんくんが内心でツッコミを入れていると、意図せず蛇口に力が入ってしまった。

ボタボタボタッ。水滴が立て続けに落ちる音が響《ひび》く。

「ま、待て、待て、待てっ！　か、代わりに！　い、いいことを教えてやるからっ！」

「いいこと？」

「なんだそれは！」

たまりかねたぞうくんがシャワーカーテンを勢いよく開き、問《と》い詰《つ》めた。ゴッチャンは観念したように、小さな声で答える。

「いただきます……だ」

「へ？」「は？」

らいおんくんとぞうくんが、同時に困惑《こんわく》の声をもらした。


たべっ子たちは緊張《きんちょう》の表情で、食卓《しょくたく》を囲んで座っていた。どこか張《は》り詰《つ》めた空気が漂《ただよ》う中、マッカロンが静かに口を開いた。

「では、言うぞ？」

「お願いします」

らいおんくんが慎重《しんちょう》に応じる。

マッカロンは深呼吸をし、沈黙《ちんもく》を破るように静かにひと言を発した。

「……いただきます」

たべっ子たちとゴッチャンが、「んが！」っと目を見開いて固まった。次の瞬間《しゅんかん》、彼らは突《とつ》然宙《ぜんちゅう》に浮《う》き、身体を変形させる。パッケージに描《えが》かれた絵になったかと思うと、アルファベットの形になり、チカチカまたたくように身体を変形させ続け、最終的にそれぞれ、元のお菓子の姿《すがた》に戻《もど》ってしまった。たべっ子たちはビスケットに。そしてゴッチャンは綿あめに。

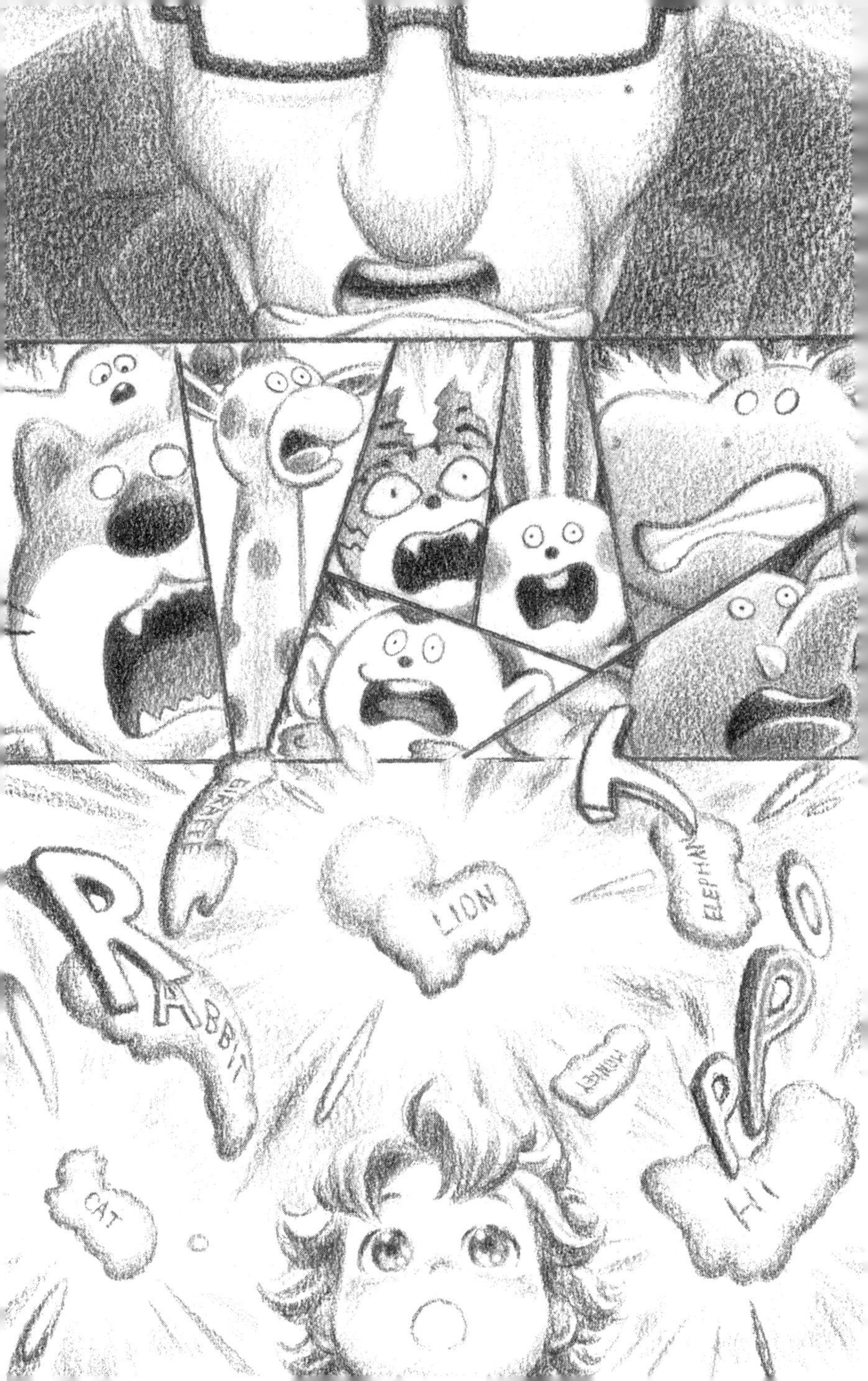

RABBIT
LION
MONKEY
CAT
HIPPO

「な、なんだこれ！」

らいおんくん――いや、正確にはＬＩＯＮと書かれたビスケット――が、テーブルの上でピョンピョンと跳《は》ね回《まわ》っていた。すっかりビスケットへと変わってしまったにもかかわらず、綿あめのゴッチャンが、頭のあたりにまだしっかりと張りついている。

「ビスケットに戻《もど》っちゃった！」

うさぎちゃんの悲鳴が部屋に響《ひび》く。

「なんでこんな事になるんだ⁉」

さるくん――ＭＯＮＫＥＹと刻《きざ》まれたビスケット――が、飛《と》び跳《は》ねながらゴッチャンに詰《つ》め寄《よ》った。

「知らない。なぜかこうなる。なんでかはわからない」

ゴッチャンは投げやりに答えた。その冷めた態度に、さるくんが大きく吠《ほ》える。

「わからねえのかよ！　つかえねえ！」

ペロは、ＨＩＰＰＯと書かれたビスケットを手に取り、じっと見つめていた。

「これ、なんて、かいてあるの？」

ペロがそのビスケットをマッカロンに見せてたずねる。

「H、I、P、P、O、ヒポウだ」

「つまり、かばちゃん！」

かばちゃん――HIPPOのビスケット――が嬉《うれ》しそうに飛《と》び跳《は》ねる。

「ひぽー……かばちゃん……」

ペロのつぶやきを聞きながら、マッカロンが腕《うで》を組み、ますます難《むずか》しそうな顔をした。

「しかし……知らなかったな。『いただきます』でお菓子に戻《もど》るなんて」

「これは、すごい武器になるかもしれないぞ」

ぞうくんが感心したように声を上げる。

「ゴットンたちの前でボクたちがこの言葉を言えば……」

しかし、そこでゴッチャンが冷たくさえぎる。

「この呪文《じゅもん》は、オレたちオカシーズが言っても意味がない。人間が言わないとダメなんだ」

「なんだそれ！　やっぱつかえねえなあ！」

さるくんがゴッチャンに向けて不満をもらす。

「おまえ、マジむかつくな」

ゴッチャンは、LIONビスケットごと向きを変え、MONKEYビスケットに背を向けた。

その言い合いの間、考え込んでいたマッカロンが静かに口を開いた。

「なるほど。人間がその言葉を発することで、お菓子としての本能が刺激《しげき》され、元の姿《すがた》に戻《もど》るというわけか……」

――なんとも頼《たよ》りない荒唐無稽《こうとうむけい》な仮説だな。

マッカロンは内心思うが、そもそもオカシーズの存在自体が謎《なぞ》なのだ。今はそれで納得するしかない。

「ただし！」

室内の視線（ビスケットたちも含《ふく》めて）が、一斉《いっせい》にゴッチャン――綿あめ――に向いた。

「気をつけろよ。お菓子の姿《すがた》に戻《もど》ってしばらくすると、記憶《きおく》がリセットされちゃうからな」

「りせっと？」

ペロが首をかしげ、無邪気《むじゃき》な表情を浮《う》かべる。

「記憶がなくなるのか？」

マッカロンが眉《まゆ》をひそめてたずねた。

「そう。今話しているこの内容も、きれいさっぱり忘れちゃうんだ」

ゴッチャンの答えに、たべっ子たちは動揺《どうよう》を隠《かく》せない。

「ってことは？」

らいおんくんが慌《あわ》てた様子で声を張り上げた。

「大変だ！　ぺがさすちゃんを助けなきゃいけないってことも忘れちゃう！」

「ハニーのことも？」

さるくんも声を上げる。

「これ、どうやって戻るの？　戻れないの？　イヤーンッ！」

かばちゃんがパニックになりながら叫《さけ》ぶと、らいおんくんがなだめようと声をかけた。

「かばちゃん、落ち着いて！」

「だって、だって、だって……」

その時だった――。

「あむ！」

かばちゃん――HIPPOのビスケット――を、ペロが自分の口へと放《ほう》り込《こ》んだ。

「かばちゃんを食べたー！」

「なぜ、今食べる！」

しかしペロはまるで気にする様子もなく、おいしそうにビスケットを噛《か》みしめていた。

「だって、おいちそうだったから？」

「だからって、ダメでしょ！」

さるくんが叱《しか》るが、ペロは叱られているという意識すらない様子で、最後のひとかけらまでおいしそうに飲み込んだ。

「うま！」

満足げな笑顔を浮《う》かべるペロ。たべっ子たち――ビスケット――は、全員ずっこけた。

すると突然《とつぜん》、空間にまばゆい光が現れた。光の中から、かばちゃんの姿《すがた》が宙《ちゅう》に浮《う》かび、次の瞬間《しゅんかん》、地面に尻《しり》もちをついた。

「いったーい！」

「オカシーズに戻《もど》った！」

さるくんが驚《おどろ》きの声を上げる。

「な、なにが起きたの！　なんかもう、ヤダーッ！」

かばちゃんは、混乱しながら四肢《しし》をバタバタさせている。

「そうか、食べると、オカシーズになるのは一緒《いっしょ》か……」

マッカロンはつぶやきながら、テーブルの上にある1枚のビスケットを手に取った。それは

LIONのビスケットで、頭にあたる部分には、ちょこんと綿あめがくっついていた。

「あ、あのさ！」

らいおんくんの声がする。マッカロンがビスケットに目を凝《こ》らす。

「できれば、綿あめ部分だけ先に食べてくれない？」

らいおんくんの提案を理解したゴッチャンが声を上げた。

「そうか！　その方法ならオレたち、離《はな》れられる！」

「まったく……」

マッカロンは渋々《しぶしぶ》といった感じで、眼鏡をずらし、ビスケットに目を凝らした。

「あむ！」

ペロが、マッカロンが手に持つ綿あめつきビスケットを、パクッと食べてしまった。

「あ……」

マッカロンは呆然《ぼうぜん》とつぶやく。

「だから！　なぜ食べるー！」

たべっ子たち全員の心からのつっこみにも、ペロはきょとんとした顔をするだけだった。

光の中から、らいおんくんが現れた。彼は地面に尻《しり》もちをつくが、すぐに、期待に胸を膨《ふく》らませた表情で顔を上げた。

「離《はな》れられた!?」

だが、頭の上から聞こえてきたのは、ため息まじりの声だった。

「……おいおいマジかよ」

ゴッチャンは、たてがみにくっついたままだった。

らいおんくんは、がっくりとうなだれる。

その横で、ペロが夢中でビスケットを口に放《ほう》り込《こ》んでいる。ペロの勢いに気づいたぞうくんは、焦《あせ》った様子で忠告《ちゅうこく》する。

「いっぺんに食べちゃダメ！　らいおんくんたちみたいに、変なオカシーズになっちゃう！」

「変なオカシーズってなんだよ！」

ムッとした顔で、らいおんくんがぞうくん――ＥＬＥＰＨＡＮＴのビスケット――をにらみつける。

「いや、その……ごめん」

ぞうくんは、すまなそうに小さな声で謝《あやま》った。

次の瞬間《しゅんかん》、光の中から華麗《かれい》に現れたねこちゃんが、空中で一回転して見事な着地を決めた。

彼女はらいおんくんたちを見て、あきれたように言う。

「なに？　あんたたち、まだくっついてるの？」

続いて現れたうさぎちゃんは、「ふたりとも、なっかよしー！」と笑った。

らいおんくんとゴッチャンが、声をそろえて怒鳴《どな》る。

「冗談《じょうだん》でもそんなこと言わないでよね！」

「冗談でもそんなこと言うんじゃねえ！」

そこに遅れて現れたきりんちゃんが「あら？」と2人を見て笑うので、らいおんくんは「そうだよ！　どうせくっついてるよ！」と大きな声を上げてしまった。

「ごめんなさい……」

きりんちゃんはシュンとして、いつもの口グセを言ってしまう。

さらに、地面にどしんと尻《しり》もちをついたぞうくんがおもむろに言った。

「しかし、ボクたちが言っても意味がないなんて……」

「まったく、つかえない呪文《じゅもん》だよな！」

さるくんが、ゴッチャンに悪態をつく。

「ふん！　約束は守ったからな」

ゴッチャンはそう言うと、そっぽを向いた。

ふと、らいおんくんは大事なことを思い出した。スイーツランド城には、今もぺがさすちゃんが囚《とら》われたままだ。たったひとり、仲間と引《ひ》き離《はな》され、どれほど心細い思いをしているだろう。自由を奪《うば》われ、救いを待ち続けている彼女《かのじょ》を思い、らいおんくんはぽつりとつぶやいた。

「ぺがさすちゃん、大丈夫《だいじょうぶ》かな……」

たべっ子たちから、一瞬《いっしゅん》にして笑顔が消えた。今はただ、落胆《らくたん》することしかできなかった。

第 4 章

夜空に輝《かがや》く満月を見ながら、ぺがさすちゃんは冷たい石の床《ゆか》に座った。ここはスイーツランド城の塔《とう》の最上階にある牢獄《ろうごく》。彼女は囚《とら》われの身となり、鉄格子《てつごうし》のついた窓から逃《に》げることはできなかった。

不安で心が押《お》しつぶされそうになる中、ぺがさすちゃんは静かに小さく息を吸《す》い、そして、心を落ち着かせるように鼻歌を歌い始めた。

すると、背後から微《かす》かな息をのむ気配が聞こえた。ぺがさすちゃんは歌を止め、振《ふ》り返《かえ》る。

「誰《だれ》？」

柱の陰《かげ》から姿《すがた》を現したのは、ペゴットンだった。他のゴットンとは違《ちが》う、愛くるしく丸い瞳《ひとみ》で、ぺがさすちゃんをオドオドと見つめている。

「なんの用？」

「じ、実はボク、たべっ子どうぶつの大ファンなんです！」

その言葉の勢いに、ぺがさすちゃんは思わず微笑《ほほえ》んだ。ペゴットンは、言葉を続ける。

「ボク、セカンドシングルの『ムササビット』からずっと大好きでして！」

「名曲よね。わたしもよく聞いてたわ」

その曲は、ぺがさすちゃんが加入する前のものだった。その曲のヒットによって、たべっ子どうぶつたちはスターへの階段を駆《か》け上《あ》がり始めたのだ。その輝かしいスタートを切った楽曲の話題に、ぺがさすちゃんは懐《なつ》かしさを覚える。

ペゴットンはさらに興奮して声を張る。

「ですがですがぁ！　一番好きなのは、『翼《つばさ》も角《つの》もなくたって』ですぅ！」

それは、彼女がメインボーカルのバラードだ。

ぺがさすちゃんは、ペゴットンの目元にある小さな星型のシールに気がつく。

それは、ぺがさすちゃんの目元にある星形のほくろを模した、たべっ子どうぶつのオリジナルグッズだった。

「そのシール……」

「はい！　ボク、ぺがさすちゃん推《お》しなんです。だからみんなから、『ペゴットン』なんて呼ばれてますぅ」

ぺがさすちゃんは笑みを浮《う》かべながら、『翼も角もなくたって』をアカペラで歌い始めた。

彼女の歌声は静かに、伸《の》びやかに、石造りの牢獄《ろうごく》の中に優しく響《ひび》き渡《わた》る。

ペゴットンは、目を見開き、感動のあまり「ふわあぁ……」と声をもらした。

ぺがさすちゃんは歌いながら立ち上がり、鉄格子の隙間《すきま》から、月あかりに照らされた街並みを見つめる。この街のどこかに、たべっ子どうぶつの仲間たちがいるはずだ。

ぺがさすちゃんの歌声は、静まり返ったスイーツランドの街を、優しく包《つつ》み込《こ》むように広がった。閉ざされていた家々の木戸《きど》が、そっと開かれ、恐怖《きょうふ》と絶望に押し込められていた人々が、静かに顔をのぞかせた。

彼らの耳に届《とど》く歌声は、荒《すさ》んだ心を静かにいやしていく。

ひとつ、またひとつと、家の中に明かりが灯《とも》り始める。それはまるで人々が彼女の歌声に勇気を得て、希望の明かりを灯《とも》しているようだった。

——聞いてくれている。わたしの歌を。

胸《むね》の奥《おく》にじんわりと広がる温かさに、ぺがさすちゃんは目を閉じ、歌声をつむぎ出す。その声は力強く変化し、人々の心にさらなる希望を灯していく。


その頃、わにくんは街の噴《ふん》水《すい》につかり、目を閉じていた。

「ぴぃぴぃ！」

ひよこちゃんがわにくんの頭の上でジャンプを繰《く》り返《かえ》す。

わにくんは目をぱちりと開き、スイーツランド城を見た。そびえ立つ城から、聞き慣れた歌

声が聞こえてくる。

「ぺがさすちゃんわに？」

マッカロンの家にいる、たべっ子たちにも歌声は届《とど》いていた。

大きな耳で歌声をいち早くとらえたぞうくんが、窓を大きく開け放ち、その歌声に耳を澄《す》ます。きりんちゃんも、となりの窓から首を出し、目を輝《かがや》かせた。

「私たちの歌……」

きりんちゃんの声には喜びがあふれていた。ぺがさすちゃんの声にはまだ力がある。それを感じたきりんちゃんは、ぺがさすちゃんの無事を確信した。気がつけば彼女は、自分のコーラスパートを口ずさんでいた。その歌声に導かれるように、ねこちゃん、うさぎちゃん、かばちゃんが窓辺に集まる。そしてしだいに声をそろえ、歌い出す。

そのハーモニーが美しく響《ひび》き渡《わた》る中、らいおんくんだけが難しい顔でソワソワしていた。

「ちょっと、歌っちゃダメだって！」

らいおんくんはみんなを止めようとするが、たべっ子たちは歌に夢中で、彼の声は届かない。

スイーツランドの街に姿《すがた》を現した人々が、1人また1人と歌声に合わせて口ずさみ始めた。

ぺがさすちゃんは遠くから聞こえる歌声に気づき、声にさらなる力を込《こ》める。

彼女は石の床《ゆか》を蹴《け》り、大きく羽ばたく。その瞬間《しゅんかん》、彼女の歌を聞いていた小さなペゴットンは、感極まったように感嘆《かんたん》の声をもらした。


「グワアアア!!!」

突如《とつじょ》、和《なご》やかな雰囲気《ふんいき》を裂《さ》くように、塔《とう》の上のキングゴットンが叫《さけ》んだ。そして、大きな体を回転させると、爆発《ばくはつ》するように分裂《ぶんれつ》した。

無数のゴットンたちが、街の至《いた》る所で人々を襲《おそ》い始《はじ》めた。


「ダメだって！」

らいおんくんが窓の木戸を閉めながら叫《さけ》ぶ。

「なにするの！　開けて！」

かばちゃんが木戸を開けようとらいおんくんに迫《せま》り、ふたりは押《お》し問答になった。ねこちゃんも、うさぎちゃんも、らいおんくんに非難の声を上げるが、らいおんくんは必死に訴《うった》える。

「リーダーの言うことを聞いてよ!」

飛来するゴットンから逃《に》げ惑《まど》う街の人々。開いた窓が次々に閉ざされ、ドアには鍵《かぎ》がかけられた。街から歌声は消え、やがてぺがさすちゃんの歌声だけが残った。

街は再び闇《やみ》に染《そ》まり、歌は静かに終わりを迎《むか》えた。

彼女は首を垂《た》れ、長いまつげを伏《ふ》せた。

すぐ横で歌を聞いていたペゴットンは、そんなぺがさすちゃんを心配そうに見つめている。

その時、牢《ろう》の扉《とびら》を乱暴《らんぼう》に開けて、険《けわ》しい目つきのゴットンたちが入ってきた。

「おい! 歌は禁止だ!」

そのうちの一体が、ぺがさすちゃんのそばにいたペゴットンに激しくぶつかると、ペゴットンは吸収《きゅうしゅう》されて、ひとつの塊《かたまり》になった。彼が顔に貼《は》っていた星のシールが、床《ゆか》にぽとんと落ちた。

ぺがさすちゃんは息をのんだ。

彼女の瞳《ひとみ》に映るのは、怒りと恐怖《きょうふ》そして、消え入りそうな希望の光だった。

マッカロンの家で、らいおんくんは皆に詰《つ》め寄《よ》られ、タジタジになっていた。

「なんで邪魔《じゃま》するの！」

かばちゃんが、らいおんくんに強い口調でまくしたてる。

「ぺがさすちゃんに、大丈夫《だいじょうぶ》だよ、ワタシたちもここにいるよ、って伝えたかったのに！」

「でも、ゴットンに歌を聞かれたら、ボクたち、捕《つか》まっちゃう！」

「らいおんくんは、自分が捕まりたくないからそう言うのね」

「違《ちが》うよ！」

リーダーとして、みんなを守るために行動していることを理解してほしかった。けれど、その思いは誰《だれ》にも届《とど》かない。みんなの視線は、らいおんくんを責めるように鋭《するど》かった。

その時――。

「んが！」

その声は、ゴッチャンが発したものだった。突然《とつぜん》の声に、空気が一瞬《いっしゅん》にして変わった。

ゴッチャンの目玉がぐるぐると回転し始め、開いた口からもれるうなり声は、まるで地獄《じごく》の底からはい上がってくるような音だった。

たべっ子たちはその異様な光景に唖然《あぜん》とし、その場に立《た》ち尽《つ》くす。やがて、ゴッチャンの目がぴたりと止まると、その瞳《ひとみ》は、キングゴットンのように鋭く邪悪《じゃあく》な輝《かがや》きを放っていた。

『たべっ子どうぶつよ！』

野太く響《ひび》くその声は、ゴッチャン自身の声ではなかった。

『いつまでコソコソ隠《かく》れているんだ！』

まるで心の奥まで見透《みす》かされるような響きに、誰もが身動きひとつ取れない。

『おまえらは、みんなのアイドルなんだろ？　姿《すがた》を見せてぺがさすを助けにきたらどうだ？』

キングゴットンの挑発的《ちょうはつてき》な声は、塔《とう》の上からスイーツランドの街中へと響《ひび》き渡《わた》る。

噴水《ふんすい》の近くで、わにくんがその声に耳をかたむけていた。

――なるほど、ぺがさすちゃんは、囚《とら》われの身になってるわに。

わにくんは、すべてを悟《さと》った。

背中に乗ったひよこちゃんは、わにくんを小さな羽でぎゅっと抱《だ》きしめた。

ぺがさすちゃんをとり囲むゴットンたちも、機械仕掛《じか》けのように同じ言葉を繰《く》り返《かえ》す。

『このまま隠れ続けるなら、ぺがさすを固めて、私のコレクションのひとつにしてやる！』

その言葉に、ぺがさすちゃんの背筋《せすじ》が凍《こお》りついた。

彼女の脳裏《のうり》には、ダイニングルームで見たオカシーズの彫像《ちょうぞう》がよみがえる。砂糖で固められ、動きを封《ふう》じられた彼らの無残な姿《すがた》。あれが、明日の自分の姿なのだと想像すると、恐怖《きょうふ》で胸が締《し》めつけられた。

『タイムリミットは明日の日没《にちぼつ》だ。それまでに助けにこい。まあ、おまえたちに、そんな勇気はないだろうがなあ』

キングゴットンは高らかに笑い声を上げ、おぞましい声が夜のスイーツランドにこだました。

――明日、日が落ちる時、わたしは彫像の姿になっている。

ぺがさすちゃんは、絶望と恐怖で足の力が抜《ぬ》け、その場にへたり込んでしまった。


マッカロンの家でキングゴットンの言葉を聞いているたべっ子たちは、誰一人として言葉を発っすることができない。部屋に響くのは、キングゴットンの冷酷《れいこく》な笑い声だけだ。

キングゴットンに操《あやつ》られていたゴッチャンが、目をぐるりと回し、元の目になり、「ん？んん？」と、周囲をとまどいながら見回した。

らいおんくんは、消え入るような声でつぶやいた。

「明日の日没《にちぼつ》まで……どうしよう」

「なんの話？」

ゴッチャンはまだ状況《じょうきょう》を飲み込めていない様子で、きょとんとした表情をしている。

部屋に充満《じゅうまん》する閉塞感《へいそくかん》を打《う》ち払《はら》うように、かばちゃんが力強く宣言《せんげん》した。

「もちろん、助けに行くわよ！」

部屋中の視線が、かばちゃんに集まる。しかし、らいおんくんの返答は弱々しかった。

「でも、そんなの、罠《わな》に決まってる……」

「それでも行くしかないのよっ！」

「ただ行っても捕《つか》まるだけだ。なにか作戦を練らないと……」

「じゃあなに？」

かばちゃんの声が怒りで震《ふる》えた。

「ワタシたちの歌を止めたのも作戦のひとつってわけ？　ぺがさすちゃんを助けたくないの？」

「助けたいに決まってる！」

らいおんくんの叫《さけ》びが部屋に響《ひび》き渡《わた》るが、その後に、絞《しぼ》り出《だ》すように続けた言葉には、無力感が色濃《いろこ》く漂《ただよ》っていた。

「でも……ムリだよ」

その言葉に、部屋の空気が一瞬《いっしゅん》で凍《こお》りついた。

「ボクたちは、オカシーズだ。みんなを楽しませることしかできない。戦うなんてムリだ。そんなボクたちが、あのゴットンからぺがさすちゃんを取《と》り戻《もど》す？　そんなのできっこないよ！」

らいおんくんの言葉が重く響き、かばちゃんの瞳《ひとみ》から大粒《おおつぶ》の涙《なみだ》があふれた。

「そんなこと、わかってる。わかってるけど！　……らいおんくんがあきらめたら、誰がぺがさすちゃんを助けるのよ！」

その声に、うさぎちゃんがつられて、わんわんと泣きだす。

きりんちゃんもポロポロと涙を流し始め、ねこちゃんとさるくんは、悔《くや》しさを押《お》し殺《ころ》すように唇《くちびる》を噛《か》み締《し》めていた。

みんな、口ではからかいながらも、心のどこかでらいおんくんをリーダーとして頼《たよ》りにしていた。彼にはどんな状況でも前に進もうとする力があった。だけど今、心がポキッと折れたように弱気な発言をするらいおんくんを前に、たべっ子たちは言葉を失っていた。

誰かが、らいおんくんに変わって奮《ふる》い立《た》たなければならない。みんなわかっていた。けれど、それを行動に移せる者は、ひとりもいなかった。

なすすべをなくした彼らは、涙を流して黙《だま》り込《こ》んだ。

「ボクだって、ボクだって……」

らいおんくんの瞳《ひとみ》に涙《なみだ》が浮《う》かぶ。

——泣きたいよ。

「おっと、おまえまで泣かないでくれよ。オレが溶《と》けちゃうからな」

ゴッチャンが軽口を叩《たた》くように言った。今のらいおんくんに言い返す言葉はない。

すべてを見守っていたぞうくんが、静かにらいおんくんの肩に手を置いた。

「らいおんくん、ちょっと、いいかな……」


スイーツランドの街に、連なるように建つ4階建てのアパートメント。その屋上に、らいおんくんとぞうくんが座っていた。

空を見上げれば、星々が静かにまたたいている。今日の騒動《そうどう》が嘘《うそ》だったかのように、穏《おだ》やかな時間が流れていた。

ぞうくんはしばらく、らいおんくんが話すのを待っていた。

「ボクだってぺがさすちゃんを助けたい」

その声はあまりに小さく、夜空に溶け込んでしまいそうだった。

「わかってる」

ぞうくんが静かにうなずく。

「だって、ぺがさすちゃんをたべっ子どうぶつに入れたのは、らいおんくん、キミだからね」

ゴッチャンは静かに聞いていた。

ぞうくんは、昔を思い出しながら話しだす。

「5年前の新人オーディションにやってきた彼女《かのじょ》の才能をいち早く見抜《みぬ》いたのは、らいおんくんだ。あの時、彼女の歌はまだ荒削《あらけず》りで、ボクは正直、彼女を推《お》す君の気持ちがわからなかった。だけどそれは間違いだった。彼女はめきめきと成長して、今では彼女ナシでは考えられないほどだ。まさに、たべっ子どうぶつの歌姫、ディーバだ」

「でもまさか、あそこまでの人気者になるとはね」

らいおんくんの言葉を聞いて、ぞうくんが優しく微笑《ほほえ》んだ。

「今じゃ、ぺがさすにスターの座を奪《うば》われたもんな」

ゴッチャンが急に話に割《わ》り込《こ》んでくる。

らいおんくんがゴッチャンをにらむが、頭の上にいる彼にはその表情は届《とど》かない。

「たしかにおまえらは、前から人気があった。そこにぺがさすが参加すると、たべっ子どうぶつの人気は爆発《ばくはつ》した！　そう、彼女の存在は……強烈《きょうれつ》だ」

ぺがさすちゃんの魅力《みりょく》を、ぞうくんは思い返していた。

彼女の歌を聞いた人たちは、みんな、心をいやされ笑顔になる。観客を魅了《みりょう》する彼女の歌声に込《こ》められた力、それは、まるで魔法《まほう》だった。

ゴッチャンの言葉は熱を帯び、止まらない。

「素晴らしい歌声、美しい容姿《ようし》、そしてなにより……あの長い角《つの》！」

ゴッチャンがうっとりとした目になった。

「つの？」「つの？」

らいおんくんとぞうくんが、怪訝《けげん》な顔で同時に聞き返す。

「ああ！　あの長い角に絡《から》まりたい！」

ゴッチャンは身もだえるように身体をよじる。

「……ヘンタイだな」

らいおんくんが冷ややかに言った。

「ヘンタイじゃない！　オレたちは、長いものに巻《ま》かれたいって習性があるんだ。だって綿あめだからな」

「綿あめ、だから？」

らいおんくんがあきれるように繰《く》り返《かえ》した。ゴッチャンはその妙《みょう》な習性を語ってしまった恥《は》ずかしさをごまかすように、らいおんくんへ辛辣《しんらつ》な言葉を投げる。

「だがな、ぺがさすは、〝たべっ子どうぶつ〟にとって危険なフレーバーだったんだ。彼女のキラキラとした輝《かがや》きで、他のメンバーはどんどんかすんでいった。特にらいおん、おまえがな」

ゴッチャンの言葉がグサリと刺《さ》さり、らいおんくんは言葉を失った。

「おまえはぺがさすと自分を比べて、自信をなくしたんだ」

ゴッチャンはその言葉を、らいおんくんに投げつけるように言った。

「リーダーだってのに、みんなを引っ張って行くことも、励《はげ》ますこともできないで、ここでこうして、いじけて座ってる」

ゴッチャンは、自分の雑《ぞう》言《ごん》が加速をつけて止まらなくなるのを不思議に感じていた。熱くなりすぎているとわかっていても、気持ちとは裏《うら》腹《はら》に、言葉は止まらなかった。

「おまえがしたことと言えば『番号、いち！』それだけ。そんなおまえに、ついていくやつなんて、誰もいない」

ゴッチャンの言葉の刃《やいば》は、らいおんくんの身体にグサグサと刺《さ》さっていく。

ぺがさすちゃんの冷静な声が、らいおんくんの耳によみがえる。

——今のあなたはリーダーにふさわしくない。

らいおんくんの顔は、くしゃっと情けなくゆがんだ。

「そしてみんなから責められて、現実逃避《げんじつとうひ》してやがる。まったくとんだヘタレリーダーだぜ」

ゴッチャンの冷笑は、らいおんくんの心を深くえぐった。

「ボクはリーダーになんてなりたくなかった……」

その声はかすれ、苦しそうだった。

らいおんくんの様子にぞうくんが、静かに視線を向ける。

「ボクは強くもないし、しっかりもしてない。なのに、『百獣《ひゃくじゅう》の王』だからって、仕方なく
……」

その言葉を聞いたゴッチャンは、激しい苛立《いらだ》ちを隠《かく》さずに吐《は》き捨《す》てる。

「そんな弱気で、ぺがさすを助けられるのか！　どうせ助ける気なんかないんだろ！　誰かが『ムリだよ、あきらめよう』って言うのを待ってるんだ！」

「ちょっと……」

ぞうくんが制止しようとするが、２人の勢いは止まらない。

「じゃあ、なんでここでこうやって、いじけてるんだ！　早く助けに行けばいいじゃないか！」

「違《ちが》う！」

「うるさいっ！」

らいおんくんは衝動的《しょうどうてき》にゴッチャンをはがそうとするが、感情的に振《ふ》り回《まわ》す両手は空《くう》を斬《き》る。

「おまえらのほうが、ヘタレじゃないか！」

「なにい？」

ゴッチャンがらいおんくんをにらみつけようと前のめりになる。その力でらいおんくんは頭から倒《たお》れ、屋根の傾斜《けいしゃ》をすべり落ちて行く。

「うわあ！」

「らいおんくん！」

らいおんくんは、屋根にはりついた綿あめになんとかつかまった。ぞうくんがホッとする。

「何がキングゴットンだよ。捕《と》らえた人に綿あめを作らせて、怖《こわ》がらせて、みんなを支配してる！　そんなの、ちっともキングじゃない！」

そう言い放ち、前足についた綿あめを苦々しく投げ捨てる。

「なんだとお！」

ゴッチャンが声を荒《あら》らげた。

「ふたりとも、冷静に！」

ぞうくんが制止しようと屋根の棟《むね》から声を上げるが、２人の言い争いは止まらない。

「他のお菓子を禁止するのも、『怖《こわ》い』からだ！」

らいおんくんは追い打ちをかける。

「自分が人気者じゃないって、はっきりするのが怖いんだ！　キングのくせにヘタレだ！」

「キングゴットンのことを悪く言うんじゃないっ！」

ゴッチャンが激しく抗議《こうぎ》する。

「キングだぞ！　オレたちの憧《あこが》れだぞ！　ヘタレのはずがない！」

ゴッチャンは何度もバウンドして、らいおんくんの頭を激しく叩《たた》く。らいおんくんは頭を横に振《ふ》って、ゴッチャンの攻撃《こうげき》に対抗《たいこう》する。

「じゃあなんであいつは、ボクたちを捕《つか》まえようとするんだ！」

「それは……」

ゴッチャンは言葉を詰《つ》まらせた。それを逃《のが》さず、らいおんくんが問い続ける。

「それは？」

「……わからない」

たしかになぜ、たべっ子どうぶつを捕まえようとするのだろう。なぜ、他のお菓子を禁止するのだろう。ゴッチャンにはその答えが見つけられない。ただ、憤然《ふんぜん》と答えるしかなかった。

「キングゴットン様の立派《りっぱ》なお考えは、オレたち下々のゴットンにはわからないさ」

らいおんくんは大げさに鼻で笑う。

「なにがおかしい！」

「おまえ……落ちこぼれなんだな」

「うるさいっ！」

ゴッチャンが力任せに、らいおんくんを引っ張り上げた。らいおんくんは頭の痛みに絶叫《ぜっきょう》しながら、屋根の上に飛び上がったかと思うと、ぞうくんめがけて急降下《きゅうこうか》を始めた。

「危ない！」

ぞうくんがぎりぎりでかわすと、2人は屋根に激突《げきとつ》した。だが、すぐにゴッチャンはらいおんくんの頭を持ち上げる。

「らいおん、きさま、撤回《てっかい》しろーっ！」

「イヤだっ！」

ゴッチャンはらいおんくんの顔を、何度も屋根に叩《たた》きつけた。


マッカロンの家では、たべっ子たちがハーブティーを手にテーブルを囲《かこ》んでいた。

らいおんくんとの言い合いを引きずっているのか、皆の表情は沈《しず》んでいた。

場には重い空気が漂《ただよ》う。

マッカロンは、その光景を見ながらも、何も言葉を発することができなかった。なぐさめ方など知らないし、そもそもそんな経験がこれまで一度もなかったからだ。結局、彼は無言で立ち上がり、テーブルの上に残された食器をそっと集めて、キッチンへ運んだ。

突然《とつぜん》、天井《てんじょう》から鈍《にぶ》い音が響《ひび》いた。思わず手を止めたマッカロンは、メガネを押《お》さえて見上げる。砂埃《すなぼこり》がパラパラと落ちてきて、メガネのレンズに薄《うす》い汚《よご》れを作った。

「ネズミにしてはずいぶん大きな音だな」

マッカロンは、ハンカチでメガネをふきながらつぶやいた。

「この音、もしかして、らいおんくんたちかな？」

きりんちゃんの言葉に、かばちゃんはハッとしたように目を開いた。

さっき、らいおんくんに言いすぎてしまったことが、胸《むね》の奥《おく》でずっと引っかかっている。彼の気持ちを考えずに、感情のままにぶつかってしまった。後悔《こうかい》がじわじわと広がっていく。

「ワタシ、様子を見に行こうかな？」

ぽつりとかばちゃんがつぶやくと、さるくんがひらひらと手を振《ふ》った。

「やめとけやめとけ。ぞうくんがなんとかしてくれるさ」

そう言うと、さるくんはキッチンへ向かい、マッカロンが洗い終えたばかりの皿《さら》を受け取り、壁《かべ》にかかっていたふきんを尻尾《しっぽ》で器用につかみ、磨《みが》きだした。

「適材適所《てきざいてきしょ》って言葉、あるだろ？　ぺがさすちゃん救出作戦に関しては、さすがのオレも、なすすべなし。今オレにできることは、こうして皿を磨くことだけ……」

さるくんは、磨いた皿を棚《たな》にしまうと同時に、反対の手でマッカロンから皿を受け取る。

その、流れるような一連の動きに、かばちゃんは感心した。

「かばちゃんも、今できることをすればいいんだ」

「ワタシにできること？……そんなの、なんにもない」

思わず弱気な声をもらすと、さるくんが即座《そくざ》に首を振った。

「なに言ってんだよ。コーラスもダンスもプロ中のプロだぜ。そしてなにより、かばちゃんは話し相手にサイコー！」

「え？」

「キミにならら、なんでも話せちゃう。かばちゃんには、そんな安心感があるんだよ。それって、誰もがもっているモンじゃないぜ」

――だけどそれって、ワタシが単にゴシップ好きだからじゃない？

かばちゃんは内心でそう自嘲《じちょう》したが、さるくんはそんな彼女の考えを見透《みす》かしたように、穏《おだ》やかに言葉を続けた。

「あれ見てみな……」

さるくんがアゴで示した先にはペロがいた。暗く沈《しず》んだたべっ子たちが押《お》し黙《だま》る中、ゆらゆら揺《ゆ》れるねこちゃんの尻尾《しっぽ》をつかもうと奮闘《ふんとう》している。

「あそこに、暇《ひま》をもてあましてるガキがいる。かばちゃんなら、いい話し相手になれるぜ」

ねこちゃんは、ペロの相手に疲《つか》れたのか、テーブルにアゴをのせ、うんざりした顔をしていた。

「……そうね、ワタシの出番ね。やってみる」

さるくんがウインクを返すのを見て、かばちゃんは小さく微笑《ほほえ》んだ。

その頃、ゴッチャンとらいおんくんの戦いは、激しさを増していた。

「ボクたちが怖《こわ》いんだろ、このヘタレ！」

「ヘタレがリーダーのたべっ子どうぶつなんて、怖くねえ！」

らいおんくんはゴッチャンのなすがまま、屋根に叩《たた》きつけられている。そうかと思うと、今度は四つんばいになったらいおんくんが頭を下にして、ゴッチャンを幾度《いくど》も屋根に打ちつける。

ぞうくんは、何とかして2人を止めようと必死に後を追った。だが、2人の動きはあまりにも速く、追いつくどころかその距離《きょり》は開くばかりだった。

「2人とも！」

必死に叫《さけ》んでも、その声は届《とど》かない。

——もっと近づかないと。

ぞうくんは決意を固め、一歩を踏《ふ》み出《だ》した。しかし、その勢いが裏目《うらめ》に出てしまう。ぞうくんは足を踏《ふ》み外《はず》し、屋根を突《つ》き破《やぶ》ってしまった。足はすっぽりとはまり、抜《ぬ》け出《だ》せない。

見上げると、空ではまだらいおんくんとゴッチャンが激しくぶつかり合っていた。2人は上下左右に飛び回り、その軌跡《きせき》は、酔《よ》っ払《ぱら》った流れ星のようだった。

「ヘタレ！　ヘタレ！　ヘタレ！」

「ヘタレ！　ヘタレ！　ヘタレ！」

「おまえと一緒《いっしょ》に、するなあ！」

2人が同時に叫んだ瞬間《しゅんかん》、ちょうど彼らはぞうくんの頭上にさしかかっていた。

「今だ！」

ぞうくんは意を決して手を伸《の》ばし、ゴッチャンの頭をつかんだ。

ブチッ！

不穏《ふおん》な音とともに、2人はついに離《はな》れた。

その衝撃《しょうげき》で、らいおんくんは屋根から落下する。

ぞうくんもゴッチャンに引っ張られ、ゴッチャンをつかんだまま、下へと落ちていった。

その頃、あごひげとアフロは、ナイフとフォークを手に取り、皿の上にのったしみチョココーンスティックを眺《なが》めていた。しみチョココーンスティックは、チョコフレーバーのスナック菓子。濃厚《のうこう》なチョコの味がたまらない逸品《いっぴん》である。

お菓子海賊《かしかいぞく》のあごひげとアフロにとって、夕食後のデザートタイムは特別なひとときだ。

あごひげがもったいぶった調子でアフロを見つめる。アフロはそれを受けとり、うなずく。

そして2人は、満《まん》を持《じ》して声をそろえた。

「それでは……いただきまーす!」

しかし、その瞬間。彼らの小さな幸せの時間は、突如《とつじょ》としてくだけ散った。

轟音《ごうおん》とともに、天井が崩《くず》れ落《お》ちてきたのだ。崩れた天井の破片《はへん》が無情にもあごひげとアフロの頭を直撃《ちょくげき》し、2人はその場で気絶した。舞《ま》い散《ち》る粉塵《ふんじん》と瓦礫《がれき》の中、勢いよく落下してきた3つの影《かげ》——らいおんくん、ぞうくん、そしてゴッチャンの3人——は、床《ゆか》にぶつかる寸前《すんぜん》、突《とつ》如《じょ》としてその姿《すがた》をお菓子に変えられてしまった。そこにいるのは、LIONとELEPHANTのビスケットと、小ぶりな綿あめだった。

らいおんくんが叫《さけ》ぶ。

「お菓子に戻《もど》っちゃった!　なんで?」

「誰が『いただきます』を言ったんだ?」

ゴッチャンも、とまどいを隠《かく》せず、問《と》い詰《つ》めるような声を出す。

「お菓子海賊のおじさんたちだ。……待って……これはまずいぞ」

ぞうくんの声に緊張《きんちょう》がにじむ。

「早く食べてもらわないと、ボクたち、記憶《きおく》をなくしちゃう」

ぞうくんの言葉を理解したLIONのビスケットと小さな綿あめが、プルプルと震《ふる》えだす。

「そうだった！　ねえ、おじさん、食べて！」

らいおんくんは、気絶しているあごひげとアフロに向かって必死に呼びかける。しかし、返ってくるのは短いうめき声だけで、彼らが目を覚ます気配はない。

「記憶《きおく》をなくしたら、ぺがさすちゃんを助けられなくなる」

いつも冷静なぞうくんの声が、かすかに震《ふる》えていた。

「おーい！　おじさん！」「起きろ！」「お願い、起きて！」

3人は、声の限りに呼びかけたが、その声はむなしく響《ひび》く。

らいおんくんの声はしだいに小さくなり、ついには、かすれだした。

「おーい……おーい……」

「らいおん！　ちゃんと声を出せ！」

「それが、ダメなんだ……頭が……ぼーっとして……」

らいおんくんは体の力が抜《ぬ》けていくのを感じながら、朦朧《もうろう》とした声をもらした。

「ここであきらめたら、ぺがさすは助けられないぞ……」

ゴッチャンの声にも力がなくなりかけていた。彼もまた限界を迎《むか》えつつあったのだ。

「キミはいったい……どっち側なんだ？」

ぞうくんが問いかける。

「オレだって……ぺがさすを……助け……たいんだ……」

ゴッチャンの声は弱々しく途《と》切《ぎ》れ、今にも消え入りそうだった。

「意識が……」「遠く……なっていく」

その言葉を最後に、３人の意識は途《と》絶《だ》えた。

テーブルの上には３つのお菓子が、ただ静かにたたずんでいた。


ゴッチャンは今、朦朧とした意識の中を漂《ただよ》っていた。

視界には濃《こ》い霧《きり》がかかり、どこを見てもはっきりとは見えない。それでも、霧の中からふっと現れては消える記憶の断《だん》片《ぺん》があった。


キングゴットンの命令に、ただ従《したが》うだけの存在だった頃――。

綿あめ工場の労働者たちを、冷たく見張っていた日々――。

スイーツランドの街で、お菓子《かし》海賊《かいぞく》たちを捕《と》らえた記憶――。

……記憶は、過去へとさかのぼっていくようだ。


オカシーズの一員として、人々と一緒《いっしょ》に笑い、楽しんだ日々――。

子供たちの笑顔に囲まれ、温かい気持ちで満たされていた自分――。


……記憶《きおく》は、さらに過去へとさかのぼっていく。


次に見えたのは、もっと古い、生まれたばかりの頃の記憶――。

綿あめを持って楽しそうに走る、少年の横顔が見える――。

――あれ？　これは、いつの記憶だ？

その少年がこちらを振り返る。少年はぎこちなく微笑《ほほえ》み、どこか照れた様子でこう言った。

「……友だちに、なってくれる？」

その言葉を聞いた瞬間《しゅんかん》、ゴッチャンの胸《むね》の奥《おく》で何かが弾《はじ》けた。自分を見つめる少年の瞳《ひとみ》には、不思議な親しみが宿っていた。

霧《きり》の中から浮《う》かび上《あ》がった、その少年の笑顔が、失われていた感情を呼び覚ます。

——そうか、オレも、人を笑顔にしたかっただけなんだ。

オカシーズが生まれる時、お菓子を食べた人の思いが反映される。

少年は、自分と友だちになりたがっていた。一緒《いっしょ》に笑顔を分かち合いたがっていた。

——なのに。

今、オレはなんでその少年と一緒にいないんだ？　少年は今、どうしているんだ？

焦《あせ》りにも似《に》た不安が、ゴッチャンの胸に広がった。

——この思い出を、忘れてはいけない。この記憶を、なくしてはいけない。

ゴッチャンは強く願った。

そして、願いが通じたかのように、ゴッチャンはゆっくりと意識を取《と》り戻《もど》した。

ゴッチャンはオカシーズに戻《もど》って、お菓子《かし》海賊《かいぞく》のアジトにふわふわと浮かんでいた。

「気がついたか？」

声がするほうを見ると、あごひげとアフロが優《やさ》しく、ゴッチャンを見つめている。２人とも、頭に大きな絆創膏《ばんそうこう》を貼《は》っているが、表情は明るく、怪我《けが》は大したことなさそうだ。

「OH《オー》 NO《ノー》……」

らいおんくんの嘆《なげ》き声が、部屋の隅《すみ》から響《ひび》いた。らいおんくんは鏡を前に、深刻《しんこく》な表情でたてがみを見つめている。ゴッチャンがべったりとくっついていた場所が無残にむしり取られ、大きな穴《あな》がぽっかりと空いていた。

——ということは。

「誰かが、オレを……綿あめを……食べたのか？」

「こいつがな」

ゴッチャンの問いに、アフロがあごひげを指し示す。

「なんでオレを食べてくれたんだ？」

「そりゃあだって、好きだから？」

「好き？　綿あめが？」

ゴッチャンが心底《しんそこ》不思議そうに聞いた。

「うん！　好きさ！」

「ちなみに俺も大好きだ！」

アフロが力強く言い放つ。ゴッチャンはとまどいながら問いかける。

「なんで？」

あごひげは両腕《りょううで》を広げ、目を輝《かがや》かせて、語り出した。

「だって、綿あめは素晴らしいじゃないか。カラフル！　ラブリー！　そして」

「めっちゃデリシャス！」

あごひげとアフロが声を合わせる。

「え……」

ゴッチャンはとまどった。綿あめは、オレたちゴットンのせいで嫌《きら》われている。人々はゴットンが飛んでくると逃げ回り、窓を閉ざして家の奥にこもってしまう。他のお菓子を禁止して、綿あめだけが配られる。みんな、綿あめを食べるのも見るのもうんざりなはず。なのに——。

「そりゃあ今は険悪《けんあく》なムードだけどさ。俺が子どもの頃、綿あめはみんなの人気者だった」

そう語るあごひげは、まるで少年のように瞳《ひとみ》をキラキラとさせている。

「オレが人気者？」

「そう！」

あごひげは即座《そくざ》に答えた。

「お祭りで、みんなが一番に欲しがったのは、綿あめだ」

隣《となり》で聞いていたアフロが、昔を懐《なつ》かしむようにうなずく。

「昔は、祭りでもないと食べられなかったからな」

「今は飽《あ》きるほどあるけどナ」

2人の話を聞いて、ゴッチャンは何かを考え込むように黙《だま》り込《こ》んだ。

「ほらね。綿あめを食べてほしいからって、お菓子禁止令なんて必要なかったんじゃない？」

そうくんは優《やさ》しく微笑《ほほえ》みながら言った。

ゴッチャンは何かを言おうとして口を開くが、視線を落として、また黙《だま》り込《こ》む。

一方、らいおんくんは鏡に映る自分の姿《すがた》を見て叫《さけ》んだ。

「ああもうなんだよこのたてがみは！　ムリヤリはがすから……もう！」

らいおんくんは、ゴッチャンがくっついていた、毛がなくなった部分の大きな穴を、まだ気にしていた。

「こんなんじゃ……カッコつかないよ」

らいおんくんは鏡越《かがみご》しに自分の姿《すがた》を丹念《たんねん》に見つめ、大きなため息をもらす。たてがみは彼にとって単なる毛ではなく、誇《ほこ》りそのものだ。それは、リーダーとしての証《あかし》。百獣《ひゃくじゅう》の王としての威厳《いげん》。それが今、ぼっこりとへこんでいる。まさに今のらいおんくんを象徴《しょうちょう》しているかのようだった。

ぞうくんはなぐさめるように声をかける。

「そんなに変じゃないよ」

しかし、らいおんくんは眉間《みけん》にシワを寄せて返した。

「変だよ！　これ、食べかけのドーナッツみたいになってるもん！」

ゴッチャンが、らいおんくんの前にやってきた。

「なに？」

ゴッチャンは無言のまま、らいおんくんのたてがみの穴にふわりと降《お》り立《た》った。

「えっ……」

「おまえがなくした自信を、オレがうめてやる。でも、毛が生え変わるまでだからな！　ぺがさすを取《と》り戻《もど》すために、リーダーとしての自信を取り戻せ！」

その言葉は、らいおんくんへのエールだった。

ゴッチャンはもう、キングゴットンの言いなりで動く、無数のゴットンのひとつではなかった。綿あめに戻った時、自分が本当に大切にしていた記憶《きおく》を取り戻したからだ。

――人を笑顔にする。

それが、彼自身が心の奥底《おくそこ》にしまっていた使命だった。

お菓子禁止令を敷《し》き、人々の自由を奪《うば》い、そして、ぺがさすちゃんを幽閉《ゆうへい》し、人々を恐怖《きょうふ》に陥《おとしい》れた。それらすべてが、してはいけないことだった。

それに気づいた瞬間《しゅんかん》、ゴッチャンの中に新たな決意が生まれた。

キングゴットンを目覚めさせなければならない。そして、今もなお自信を失い、立ちつくしているらいおんくんの力を取《と》り戻《もど》させなければならない。だからこそ、ゴッチャンは、らいおんくんのたてがみの上に自ら降《お》り立《た》つという、あえて居心地《いごこち》の悪い選択《せんたく》をしたのだ。

らいおんくんは鏡に映る自分の姿《すがた》をそっと見る。

たてがみにゴッチャンがのったことにより、たてがみの穴《あな》はふさがっている。

「ゴッチャン……」

見開いたらいおんくんの目がうるうると光る。

ゴッチャンは、鏡に映るらいおんくんへ、ニッコリと笑顔を向けた。

「……ってなにするんだよ！」

「へ？」

「せっかく別々になったのに、また貼《は》りついちゃったらどうするんだ！　離《はな》れて！　早く離れて！」

ゴッチャンは驚《おどろ》いたように声を上げる。

「え？　だって！　気にしてるからさあ！」

「この、くっついた状態より全然いいんだよ！」

「なんだよ、せっかくおまえのためにくっついてやったのに！」

「大きなお世話だよ！」

らいおんくんの声はさらに大きくなった。２人の言い合いはエスカレートしていった。

たべっ子とペロは、階段の上からそっと２人のやりとりをのぞいていた。

ねこちゃんは口元に手を当てて、わずかに微笑《ほほえ》んだ。

「よかったじゃない」

「うん、いつものらいおんくんに戻《もど》ったわね」

かばちゃんもうなずいて同意する。

「あーあ、心配して損《そん》したぜ！」

ゴッチャンは大きく息を吐《は》く。らいおんくんは目を細めてにらむ。

「ひとの心配してる場合か！」

あごひげが手を上げて、２人をなだめようとする。

「まあまあ」

「これでも食べて、落ちつけよ」

アフロは大事なお菓子、しみチョココーンを差し出した。

「しみチョココーンだ！」

ペロは目を輝《かがや》かせ、たべっ子たちの頭を飛び越えて、階段を駆《か》け降《お》りた。

「あ、ちょっと！」

すると、たべっ子たちが次々と雪崩《なだれ》を打って階段を転がり落ちてきた。

一番下で下敷《したじ》きになったさるくんが、やや怒り気味に声を上げる。

「だからなんでオレばっかり！」


「おいしいねー」

部屋の中では、しみチョココーンを食べる一同が、楽しそうに笑い声を上げていた。

「おい、らいおん、オレにもくれ」

らいおんくんは、しぶしぶと言った表情で、食べかけのしみチョココーンを頭の上へ投げた。

ゴッチャンはそれを口でキャッチして、満足そうに口を動かした。

「うまっ！」

「感謝しろよな。しみチョココーンは、ボクの大好物だ」

「オレだってそうだ」

2人のやりとりを、遠くから見ていたうさぎちゃんが感慨深《かんがいぶか》げに言った。

「ねえ、なんかあの2人、前より仲よくなってない？」

「ほんとだ」

ねこちゃんも同意する。

ぞうくんが、らいおんくんの横にそっと座り、語りかけた。

「らいおんくん、ボクたちがキミをリーダーにしたのには、ちゃんとした理由があるんだよ」

らいおんくんは、ぞうくんの話に耳を傾《かたむ》ける。

「ボクたちはオカシーズ。人を楽しませるために生まれてきた、そうだよね？」

オカシーズの誕生は、マッカロンが言うように、まさに奇跡《きせき》だった。あの深刻《しんこく》な戦争の最中に人々が願った——笑顔を取り戻したい。その願いが起こした奇跡《きせき》。

生まれながらにして、彼らは、人々を笑顔にする使命があったのだ。

ぞうくんの言葉にらいおんくんは小さくうなずいた。

「キミは誰よりも、人を楽しませることが好きだった。そのためなら、なんでもしてきた。……路上ライブから始まったボクたちの活動は、最初はさみしいものだったよね」

「お客さんは、たった3人だった……」

らいおんくんがぽつりと答えると、ぞうくんが軽くうなずく。

「そう。その路上ライブでキミは、歌って踊《おど》って走ってと、お客さんを全力で盛り上げた。後ろでドラムを叩《たた》いていたボクは、それを見て、笑いをこらえるのに必死だった」

「そんなにマヌケだったかなあ?」

「違《ちが》う違う。むしろ、カッコよかったよ。らいおんくんは、最高のエンターテイナーだ」

ぞうくんの確信に満ちた声を聞きながら、らいおんくんは照れくさそうに頭をかいた。

「だから、たべっ子どうぶつのリーダーは、キミなんだよ」

「え？」

突然の言葉に、らいおんくんは驚《おどろ》いて顔を上げる。

「身体のあちこちから、いろんな楽器を取り出したりもしたよね」

「ボクの身体の毛、モフモフだから、物を入れるのに最適なんだ」

らいおんくんは身体の中に手を突《つ》っ込《こ》み、しみチョココーンを何本も出してみせた。

「もう1本どう？」

らいおんくんはパッケージをむいて、ぞうくんと、そしてゴッチャンにも差し出した。

ゴッチャンはなにも言わずにパクッと食べる。ぞうくんも受け取って、あむ、と口に入れた。

3人は、それぞれ口いっぱいに広がるチョコの甘《あま》みを、静かに味わった。言葉は交わさないが、3人の表情には自然と笑顔が浮《う》かんでいた。

――自分の分が減るのに、お菓子を分け合うのって、なんで嬉《うれ》しいんだろう。

らいおんくんは、分け合う喜びを、胸《むね》の中で不思議に感じていた。

部屋を見回すと、そこにはお菓子を分け合いながら微笑《ほほえ》む、仲間たちの姿《すがた》があった。ペロと話すマッカロンの穏《おだ》やかな笑顔さえも、その光景の一部として溶《と》け込《こ》んでいる。

――お菓子の力って、すごいんだな。

らいおんくんはその事実に、勇気づけられる気がした。

「なあ」

そうくんに呼びかけるゴッチャンの声には、真剣《しんけん》な響《ひび》きがあった。

「おまえはさっき、オレたちオカシーズは、人を楽しませるために生まれてきたって、そう言ったよな」

「うん」

ゴッチャンは続ける。

「キングゴットンだなんて偉《えら》そうに名乗ってるけど、お菓子の王様があんなに人を怖《こわ》がらせたらダメなんだ。みんなを笑顔にしないと……」

ゴッチャンはらいおんくんを見つめる。

「らいおん、おまえがお菓子の王《キング》になれ」

「え？」

突然《とつぜん》の提案に、らいおんくんの目が見開かれる。

「そして、スイーツランドに笑顔を取《と》り戻《もど》すんだ！」

「ボ、ボクにそんなこと……」

「できるさ。だって、おまえには仲間がいるだろ？　力強い、仲間が」

らいおんくんは周囲を見る。そこには、笑顔でうなずくたべっ子たちの姿《すがた》があった。

「オレも、おまえの仲間になる。だから、頼《たの》む。キングゴットンの目を覚ましてやってくれ」

「それは……」

らいおんくんはカウンターに両ひじをついて、ぽつりともらした。

「荷《に》が重《おも》いなあ」

ゴッチャンとたべっ子たちが、一斉《いっせい》にずっこける。

「おいっ！　今のは『よし！　やるぞ！』って言って、立ち上がる流れだろ！」

ゴッチャンがあきれながら叫《さけ》んだ。

「だってさあ……」

「だって禁止！」

「わかったよ」

正直、らいおんくんは、そういう熱血路線《ねっけつろせん》が苦手だった。

そもそも、らいおんくんは、見た目からして勇猛果敢《ゆうもうかかん》なライオンとはほど遠い。お花のような形のたてがみに、つぶらな瞳《ひとみ》、丸みを帯びた牙《きば》。その姿《すがた》は、凛々《りり》しさよりもどこか愛嬌《あいきょう》を感じさせるものだ。

ぺがさすちゃんを救いたい――。その思いは胸《むね》の奥《おく》でたしかに燃えている。ゴッチャンが言うように、みんなと一緒にスイーツランド城へ乗り込み、偉《えら》そうなキングゴットンを打ち負かして目を覚まさせることができたなら、どれほどいいだろうか。

だけど、たべっ子どうぶつには、武器なし、策《さく》なし、意気地すらないのだ。気合いだけでぶつかって勝てる相手ではないことは、らいおんくんにはよくわかっている。

――なにか、いいアイデアはない？

そうやってすぐにぞうくんを頼《たよ》ってしまう自分がイヤだった。人任せにしてしまう自分が情けなかった。

しかし、そんならいおんくんの気持ちを見透《みす》かすように、ゴッチャンがぼそりと言う。

「仲間を頼るのは、悪いことじゃないと思うぜ」

らいおんくんは、驚《おどろ》いて頭上のゴッチャンを見上げた。

「あのキングゴットンだって、オレたちゴットンがまとまって、あれだけ大きく強くなった。まあ、やってることは、とても褒《ほ》められたもんじゃないけどな。でも、スイーツランドを支配するほどの力を持ったのは、ゴットンが集まり団結したからだ。それに比べて、おまえたちたべっまるで子どうぶつはみんなバラバラ。まとまりのない寄せ集めだ。だけどさ、おまえたちがいざまとまると、なんか不思議な魅力《みりょく》があるんだよ。バラバラなおまえたちが集まる時、命令にただ従《したが》うゴットンの集まりなんかより、何倍も何百倍も強い力が出せる——。そんな気がするんだ」

そうだろうか？　らいおんくんは、ふと立ち止まるように考え込んだ。

たしかにボクたちは、ワールドツアーに出かけるまでに人気者になった。歌と踊《おど》りと、そしてこのモフモフな容姿《ようし》で、世界をトリコにしてきた。それは紛《まぎ》れもなく、とてつもない力だ。ステージの上で歓声に包《つつ》まれるたび、らいおんくんはその力の大きさを、嫌《いや》でも実感した。

——だけど、その力は、失われる寸前《すんぜん》だ。

昨日のライブでらいおんくんは、自分勝手な行動をとって、ライブをめちゃくちゃにしてしまった。結果的には観客に大ウケだったけれど、たべっ子のみんなの気持ちが粉々《こなごな》に砕《くだ》け、バラバラになってしまった。

その結果、ぺがさすちゃんは今、城の塔《とう》に囚《とら》われている。わにくんやひよこちゃんも、混乱の中で離《はな》れ離《ばな》れになり、連絡《れんらく》すら取れないままだ。

——ボクたちがまたひとつになれば。

きっとこの世界を救うほどの、力が生まれるはずだ。そしてみんなをひとつにできるのは、

――リーダーのボクなんじゃない？

らいおんくんは自分の胸《むね》に、小さな光が灯《とも》るのを感じた。それはまだ弱々しく、頼りない光だったが、たしかにそこに存在していた。

その時、スマホの着信音が鳴《な》った。

みんながうさぎちゃんに注目する。うさぎちゃんが画面をのぞき込むと、そこには『わにくん』の名前が表示されていた。うさぎちゃんは、あわてて液晶画面《えきしょうがめん》の通話ボタンを押した。

「わにくん？　無事なの？」


スイーツランド駅の時計台の上に、大きな電波塔《でんぱとう》がある。その電波塔にも綿あめがぎっちりとくっついていて、電気系統をショートさせていた。わにくんはそこを修理したのだ。

「やっと電波が、戻《もど》ったわに」

わにくんの身体は綿あめだらけになっていて、復旧作業の困難《こんなん》さを物語っていた。

「ひよこちゃんは？　無事なの？」

「ぴぃ！」

スマホから、ひよこちゃんの大きな鳴き声が聞こえた。みんなが、ホッと胸をなで下ろす。

「よかった……。みんな心配してたのよ」

「そっちはどうわに？」

「うん、みんないる。だけど、ぺがさすちゃんが……」

「知ってるわに。大きな綿あめのオカシーズがさけんでいるのを聞いたわに」

「そうなの、早く助けに行かないと、ぺがさすちゃんが……」

うさぎちゃんの目には、今にもこぼれそうな涙《なみだ》がたまっていた。

わにくんとひよこちゃんが無事だった。それだけでもホッとする思いだったが、なにより、わにくんの声が聞こえたことが、うさぎちゃんを勇気づけた。

わにくんは、いつも抑揚《よくよう》のない口調で話す。表情もほとんど変わらないし、何を考えているのかわかりづらい。だけど、それが逆に、どんな状況《じょうきょう》でも冷静でいられる、そんな心の支えになることがある。それに彼は天才エンジニアだ。機械のトラブルはもちろん、壊《こわ》れたアクセサリーやちょっとした日用品まで、わにくんは、チャチャっと直してしまう。どんなに無理難題《むりなんだい》に思えることでも、彼ならなんとかしてしてくれる気がするのだ。

——もしかしたら、わにくんなら、この危機だって……。

希望が胸に込《こ》み上《あ》げ、うさぎちゃんは喉《のど》がつかえて、それ以上なにもしゃべれなくなった。

そんなうさぎちゃんの様子を見て、らいおんくんはそっと彼女からスマホを引き取った。

「わにくん、ひよこちゃん。ぺがさすちゃんを助けるぞ」

その言葉に応えるように、わにくんは手に持っていたスパナをふっと宙《ちゅう》に放り投げた。くるくると回転しながら落ちてきたところを、片手で軽々とキャッチする。

「胸《むね》アツ展開だわに」

「ぴ！」

ひよこちゃんも、小さな翼《つばさ》をパタパタとさせた。

「助けよう、ぺがさすを」

ゴッチャンの静かなつぶやきに、らいおんくんも力強く続けた。

「助けよう、スイーツランドを」

第 5 章

スイーツランドの夜が、静かに明けていく。地平線の向こうから太陽が顔をのぞかせ、その光がゆっくりと街を黄金色に染《そ》め上《あ》げる。

光の中、スイーツランド城の高みにキングゴットンがいた。黄金色の光が、その巨体の目を射貫《いぬ》く。まぶしさに目を細めたキングゴットンは、喉《のど》の奥から、『グワァァ』という低いうめき声をもらした。その声は、街全体にビリビリと響《ひび》き渡《わた》る。

街の住民たちは、その不快な音で目を覚ます。彼らにとって、その声は夜明けを告げるものであり、同時に新たな恐怖《きょうふ》の始まりでもあった。

たべっ子たちも、マッカロンの家でその声を聞いた。

彼らは昨夜、遅くまで作戦会議をしていた。

中心となったのは、らいおんくんと頭脳明晰《ずのうめいせき》なぞうくん。らいおんくんが進行役となり、ぞうくんが参謀役《さんぼうやく》を務め、それぞれがアイデアを出しあった。輪の中にはペロやマッカロン、そしてあごひげとアフロも加わっており、特にペロは見事なファインプレーを見せた。スイーツランド城の内部情報を、ペロは舌《した》っ足《た》らずの言葉で伝えてくれたのだ。

ペロによると、城は三層構造《さんそうこうぞう》になっているという。

最下層《さいかそう》は、ゴミ捨て場ならぬ「菓子捨て場」だ。たべっ子たちが落ちたあの穴。ペロがお菓子を盗《ぬす》んでいた場所だ。その上には綿あめ工場があり、さらにその上に長い塔《とう》がそびえ立つ。

「ぺがさすは、その塔の一番上に幽閉《ゆうへい》されているはずだ」

マッカロンがペロの情報に補足《ほそく》を加えた。

らいおんくんの指揮《しき》の下、ぺがさすちゃん救出作戦が徐々《じょじょ》に形になっていく。誰もが真剣《しんけん》に耳をかたむけ、自分にできる役割を探す。その姿勢《しせい》には、チームとしての結束が感じられた。

うさぎちゃんはスマホを使って、離《はな》れ離《ばな》れになっているわにくんに計画を伝えた。

「わかったわに」

彼の返事は簡潔《かんけつ》だったが、頼《たよ》りがいのある言葉だった。

作戦会議の最中、アフロは必死にコームを使い、らいおんくんのへこんだたてがみを持ち上げていた。この作戦を成功させるには、らいおんくんとゴッチャンは別々に動く必要があったからだ。

「どう?」

アフロが鏡を、らいおんくんに見せる。

たてがみはふんわりと立ち上がり、ゴッチャンがくっつく前と変わらない丸い山を形成していた。らいおんくんは「ヨシッ!」とガッツポーズをする。だがその弾《はず》みで、たてがみは再び、ふにゃあとへこんでしまった。

「ありゃ、ダメか」

なげくアフロに、ゴッチャンが言う。

「たてがみなんてなくったって、作戦にはなんの支障《ししょう》もない！」

「それよりも、あごひげさんもアフロさんも、大事な実行部隊の一員だからね！」

ぞうくんが机《つくえ》を強く叩《たた》いた。作戦会議は熱を帯びる。

その後ろでらいおんくんだけが、しょぼんとたてがみを気にしているのを見て、うさぎちゃんとねこちゃんは、「まったくもう」と笑い合った。


作戦が完成した時には、すでに時計の針《はり》がてっぺんを回り、日付が変わっていた。

「勝負は明日だ。それまでしっかり寝て、英気《えいき》を養うこと！」

作戦会議の最後に、ぞうくんがまとめたメモの最後の一行を、らいおんくんが読み上げる。

「で、この英気を養うって、なあに？」

彼が小さな声でたずねた時、ほとんどのたべっ子たちはウトウトし始め、参謀役《さんぼうやく》だったぞうくんまでが、コックリコックリと舟《ふね》をこいでいた。

ペロを寝《ね》かしつけ、戻《もど》ってきたマッカロンが代わりに答える。

「英気を養うというのは、次の活動に備えて、体力と気力をたくわえるという意味だ。ほら、お前も早く寝なさい。明日は朝からなんだろ?」

彼の声は穏《おだ》やかで、どこか親しみを感じさせるものだった。

その言葉を聞き終わる頃には、らいおんくんは机につっぷして寝息を立てていた。


そして今、ゴッチャンを先頭に、マッカロンとペロがスイーツランド城へと続く、長い石畳《いしだたみ》の道を進んでいる。視線の先には、スイーツランド城が威圧的《いあつてき》にそびえ立ち、その頂点にはキングゴットンの巨大な姿《すがた》が不気味に浮《う》かんでいた。

ゴッチャンは思わず後ずさった。キングゴットンのその巨大《きょだい》さに、改めて恐怖《きょうふ》と畏怖《いふ》が胸《むね》を締《し》めつける。かつて憧《あこが》れていた存在。その力と威厳《いげん》に、ゴッチャンは長い間魅了《みりょう》されていた。

だが今、彼はそのキングゴットンに刃向《はむ》かおうとしている。自分でも信じがたい決意を胸に、彼は大きく息を吸《す》い込《こ》んだ。

「キングゴットン様! お菓子《かし》海賊《かいぞく》を捕《つか》まえました!」

ゴッチャンの声は、静まり返った朝の空気を切《き》り裂《さ》くように響《ひび》き渡《わた》った。その声は、スイーツランド城の頂点にいるキングゴットンの耳に確かに届《とど》いた。

キングゴットンがゆっくりと視線をゴッチャンへ移す。鋭《するど》い視線が一行に突《つ》き刺《さ》さる。

ペロの足が、かすかに震《ふる》えた。その小さな体が恐怖《きょうふ》に支配されそうになっている。しかし、彼女はじっとキングゴットンをにらみつけた。その瞳《ひとみ》には、恐《おそ》れを押《お》し込《こ》めた強い意志が宿っていた。マッカロンは、ペロの毅然《きぜん》とした態度に感心せずにはいられなかった。この小さな体のどこに、そんな強さが潜《ひそ》んでいるのだろう――。

次の瞬間《しゅんかん》、空からゴットンたちが飛来した。すぐにマッカロンとペロの手足に絡《から》みつき、ふたりを宙《ちゅう》に持ち上げる。そしてそのまま、塔《とう》の入り口へと運んでいった。


「ペロと教授《きょうじゅ》にも手伝ってほしいんだ」

昨夜、らいおんくんが静かに告げた時、マッカロンは一瞬《いっしゅん》とまどいを見せた。しかし、ペロが元気よく「まかちて!」と叫《さけ》んだので、マッカロンは覚悟《かくご》を決めたように小さくうなずいた。

だが、その後にらいおんくんが続けた言葉に、マッカロンは耳を疑《うたが》った。

「ゴットンに、わざと捕《つか》まってほしいんだ」

「捕まったら、どうしようもないじゃないか!」

困惑《こんわく》が混じった声で、さるくんが反論する。しかし、ぞうくんが冷静に答えた。

「大丈夫《だいじょうぶ》、ちゃんと策《さく》があるんだ」


塔《とう》の中央の穴へ、ゴッチャンとゴットンたちに捕まったマッカロンとペロが進んでいく。

中に入ると、ゴッチャンは、かつての仲間に讃《たた》えられた。

「すごいじゃないか、お菓子海賊《かしかいぞく》を捕まえるなんて」

「これで、キングゴットン様の一部になる栄誉《えいよ》を受けられるな！」

それは、かつてのゴッチャンにとって、心から憧《あこが》れていた栄誉だった。キングゴットンの一部となること。それはゴットンたちの、何よりの目標なのだ。

だが、今のゴッチャンには、それはただの恐怖でしかない。

――一部になったら、オレがオレじゃなくなる！　そんなのゾッとするぜ……。

ゴッチャンは適当に相づちを打ちながら、心の中で違和感《いわかん》を噛《か》みしめていた。

やがて、工場の中から甘《あま》い香《かお》りが漂《ただよ》ってくる。

進む彼らの前に、綿あめ工場の巨大な扉《とびら》が現れる。

扉の窓の奥《おく》に、工場で働く人々の姿《すがた》が見える。皆、囚人《しゅうじん》のような横縞《よこしま》の服を着せられ、無表情で機械の前に立ち続けている。その姿《すがた》には生気《せいき》が感じられず、まるで操《あやつ》り人形《にんぎょう》のようだった。

工場の入り口で、１体のゴットンが、マッカロンとペロに囚人服《しゅうじんふく》を差し出した。

「これに着替《きが》えろ」

ゴットンは無機質な声でそう伝えた。ゴッチャンは、すかさずそのゴットンに告げた。

「今日は、たべっ子どうぶつたちとの対決の日だ。少しでも多くの綿あめを生産せよとの、キングゴットン様のご命令だ」

その言葉を聞いたゴットンは、一瞬《いっしゅん》とまどったように動きを止めた。

「着替える時間も惜《お》しい。このまま工場へ連れて行く」

ゴッチャンはそう言いながら、マッカロンとペロの背中を軽く押《お》した。


綿あめ工場は薄暗《うすぐら》く、機械音が響《ひび》き、漂《ただよ》う空気には異様な重さがあった。

マッカロンはオカシーズから渡された棒《ぼう》を手に、綿あめ製造機の前に立った。彼は棒《ぼう》をくるくると回し始め、その棒に綿あめを絡《から》ませる。その動作は自然に見える。だが、マッカロンの目は常に周囲を警戒《けいかい》していた。

その横でペロは、そっとベルトコンベアの下に身を潜《ひそ》めた。小さな体の彼女《かのじょ》だからこそできる芸当だ。

そして、慎重《しんちょう》にポケットへと手を伸《の》ばす。半ズボンのポケットから取り出したのは、数枚のビスケットだった。

ペロの脳裏《のうり》には、昨夜らいおんくんが語った言葉がよみがえる。

「ペロには、ビスケットになったボクたちを食べてほしいんだ」

たべっ子たちは、スイーツランド城に到着《とうちゃく》する直前に、マッカロンの「いただきます」でビスケットの姿《すがた》となった。そして、ペロのポケットに収まって、城内に潜入《せんにゅう》したのだ。

「この時、まとめていっぺんに食べないこと。口の中で混じったら、〝変なオカシーズ〟になっちゃうからね」

らいおんくんから受けた注意を胸に刻《きざ》みながら、ペロは、ポケットからCATと書かれたビスケットを1枚つまみ出し、慎重《しんちょう》に口へ運ぶ。

光がきらめいた。次の瞬間、ねこちゃんが音もなく地面に降り立った。ペロはホッと安堵《あんど》の息《いき》を吐《は》く。

ペロは、次々とビスケットを口に運び、ビスケットをオカシーズの姿に戻《もど》していく。そのたびに光がきらめき、新たなたべっ子たちが音を立てずに現れる。

その様子を遠くから見守っている者がいた。

囚人《しゅうじん》たちの頭上では、無数のゴットンが飛び回り、囚人たちを監視《かんし》している。その中に、ゴッチャンの姿《すがた》があった。彼は周囲のゴットンたちに疑《うたが》われぬよう、鋭《するど》い目つきを装《よそお》いながらも、密《ひそ》かにベルトコンベアの下のペロとたべっ子たちを、心配そうに見つめていた。

ペロは、LIONと書かれた最後のビスケットを手に取り、口に入れた。またしても光がきらめき、らいおんくんの姿が現れた。その時だった。

「いでっ！」

らいおんくんが、勢《いきお》い余《あま》って頭をベルトコンベアにぶつけてしまった。

その声に気づいた見張りのゴットンたちが、即座《そくざ》にペロたちのいる方向へと飛んでくる。

ゴッチャンはそれに気づき、あわてて止めようとする。しかし、距離《きょり》が遠すぎて間に合わない。

飛来するゴットンの姿をペロもとらえていた。ペロの小さな声が震《ふる》える。

「どうちよう……」

その時だった。マッカロンが綿あめの棒《ぼう》が入った箱を、わざと手で倒《たお》した。

大きな音が工場内に響《ひび》く。

音を聞きつけたゴットンたちは、ペロたちではなく、マッカロンのほうへ向かっていった。

「すまない。棒を落としてしまった……」

その様子は自然で、どこにも怪《あや》しさはない。

ゴットンは棒を補充《ほじゅう》するために、急いでその場を離《はな》れ、他のゴットンは持ち場へ戻《もど》った。

マッカロンはベルトコンベアの下のペロに向かって小さくうなずいた。ペロもそれに応える。小さな目は不安に揺《ゆ》れながらも、しっかりとした決意を秘《ひ》めていた。

――あとは、あいずがくるのを、まつんだよね。

ペロは昨夜の作戦を思い出しながら、じっとその時を待った。


合図――その鍵《かぎ》を握《にぎ》るのは、別動隊のわにくんとひよこちゃんだった。

わにくんはスーパーバイクにまたがり、鋭い視線を前に向けている。アクセルを回すたび、エンジンがうなりを上げ、重低音が石畳《いしだたみ》に響《ひび》き渡《わた》る。

ひよこちゃんは短い羽を精一杯《せいいっぱい》に伸《の》ばして、わにくんのまぶたを、まるでバイクのハンドルを握るかのようにつかんでいた。

「用意はいいわに？」

ひよこちゃんが片方の羽をかかげた。

「ぴい！」

わにくんはクラッチをつなぎ、アクセルをひねった。エンジン音がさらにうなりを上げ、バイクは勢いよく石畳《いしだたみ》を蹴《け》り、前輪がわずかに浮《う》くほどの勢いで走り出した。

「イヤッホーだわにー！」

バイクはスイーツランド城めがけて一直線に加速する。風を切る音が耳元をすり抜《ぬ》けていく。ひよこちゃんは風圧《ふうあつ》に耐《た》えるように、必死にわにくんの頭にしがみついていた。小さなサングラスには、大きな城が徐々《じょじょ》に迫《せま》る様子が映っていた。ひよこちゃんの胸《むね》に、緊張《きんちょう》が広がっていく。

次の瞬間《しゅんかん》、ひよこちゃんの目が異変をとらえた。

道の先に、いくつもの乗り捨てられた車が無造作《むぞうさ》に放置されている。このままのスピードで進めば、衝突《しょうとつ》は避《さ》けられない。

「ぴいいいいい！」

だが、わにくんはまったく動じる様子を見せない。

「心配いらないわに」

彼は低い声でそう言い放つと、アクセルをさらにひねった。

ひよこちゃんはわにくんの言葉を信じ、短い羽に力を込めて、彼の頭にしがみつく。

車の障害物《しょうがいぶつ》の前に、アフロとあごひげがいた。２人はコーンスナック菓子の袋《ふくろ》をおもむろに取り出す。そのパッケージには、３兄弟のキャラクターが描《えが》かれている。それはプライベートジェットにいた、ウエイターと副操縦士《ふくそうじゅうし》、そして機長の姿《すがた》だった。

あごひげとアフロは袋から、コーンスナックを取りだして食べ始めた。すると、次々とコーンスナックのオカシーズが現れて、整列していった。

空っぽになった袋が次々と地面に落ちる。その量は１袋や２袋では収まらない。ふたりの手は止まることなく動き続け、あっという間に食べ終わった袋が山を成していった。

現れたオカシーズたちは、やがて１００体を超《こ》えた。整列した仲間たちの上に登っては、手を組んで、まるで組み体操《たいそう》のように合体していく。

「俺たちだって！」「手と手を取り合えば！」「大きな力になる！」

コーンスナックのオカシーズたちは力強く叫《さけ》びながら、見事な連携《れんけい》で巨大《きょだい》な建造物を作り上げていく。それは見上げるほど大きなジャンプ台だった。

「用意はいいわに!?」

「ぴい！」

わにくんは、バイクのボディに設置されたスイッチを勢いよく押《お》し込《こ》んだ。次の瞬間《しゅんかん》、バイクの両脇《りょうわき》に装着されたジェットエンジンが、轟音《ごうおん》を響《ひび》かせて作動した。

「飛ばすわにーっ！」

わにくんの叫《さけ》び声《ごえ》が、風を切る音と混ざり合い響く。

バイクの加速にともない、風圧が激しさを増す。ひよこちゃんはその風にあおられながらも、小さな体でわにくんの頭に必死にしがみつく。

「わにーっ！」

バイクは勢いよくジャンプ台へと突《つ》っ込《こ》んでいった。コーンスナックのオカシーズの背中をバイクが駆《か》け抜《ぬ》けていく。

「耐《た》えろーっ！」「ぐうう！」「飛べーっ！」

オカシーズたちの悲鳴のような叫《さけ》び声《ごえ》が響く中、バイクはジャンプ台の頂上を蹴《け》り上《あ》げ、空を飛んだ。だが――。

バイクは、塔《とう》の上の入り口には届《とど》かない。

「ダメだ！　届かねえ！」

アフロが絶望的な声を上げる。しかし、その声に反応したあごひげは静かに言った。

「いや、あれでいい」

わにくんは、顔の前で手を組み、ニヤリと笑った。

「すべては我々のシナリオ通りわにっ！」

バイクは城の中腹に向かって弧《こ》を描《えが》いて飛翔《ひしょう》する。勢いをつけたまま壁《かべ》に向かって行くバイクを見て、アフロが、「ぶつかるぅ！」と思わず目を閉じる。

「わに！」「ぴっ！」

わにくんとひよこちゃんはバイクから飛び降りた。同時に、塔の下ではあごひげが、マッカロンのサーキュレーターを上に向けてスイッチを入れる。強力な風が吹《ふ》き上《あ》がり、その風がひよこちゃんを高く舞《ま》い上《あ》がらせた。

空を飛ぶひよこちゃんの姿《すがた》は、朝日に照らされ、輝《かがや》いて見えた。

「飛ぶわに、ひよこちゃんっ！」

わにくんは上空にいるひよこちゃんを鼓舞《こぶ》した。その叫びは風音よりも強く、ひよこちゃんの耳にしっかりと届いた。

「ぴーっ！」

ひよこちゃんは小さな体を、サーキュレーターが吹《ふ》き出《だ》す風に乗せ、勢いよく上昇《じょうしょう》していく。

彼女の瞳《ひとみ》は、目指すべき場所を見据《みす》えていた。

一方で、わにくんは降下を始めた。その体が重力に引かれ、どんどん下へと落ちていく。しかし、彼の顔にはいっさいの恐《おそ》れがなかった。

「安心しな！　俺がキャッチしてやるぜ！」

下ではアフロが、両腕《りょううで》を大きく広げて待っていた。わにくんは勢いを緩《ゆる》めることなく落ちていき、アフロの腕の中に飛び込んだ。わにくんの体がぶつかると、アフロは衝撃《しょうげき》に耐《た》えきれず、ぺしゃんと崩《くず》れ落《お》ちた。

「大丈夫《だいじょうぶ》わに？」

アフロはわにくんの下で、「大丈夫……だ」とかすかにうなった。

その背後では、わにくんが放ったスーパーバイクが塔《とう》の壁《かべ》に激突《げきとつ》し、次の瞬間《しゅんかん》――

ドゴォォォン！

巨大《きょだい》な爆発《ばくはつ》が塔《とう》の壁を揺《ゆ》るがした。その爆発音はスイーツランド中に響《ひび》き渡《わた》った。

「ヒャッハーーッ！」

あごひげが歓声を上げる。

「らいおんくん、ひよこちゃん、頼んだわに」

わにくんがサングラスを外して、城を見上げた。

その爆発音は、綿あめ工場にも響き渡っていた。

「合図だ！」

ベルトコンベアの下に隠《かく》れていたらいおんくんが勢いよく叫《さけ》ぶ。その瞬間、彼はその場で立ち上がり、再び頭をベルトコンベアに激しくぶつけた。

「いでっ！」

らいおんくんが額を押さえて悶絶《もんぜつ》する。しかし、その痛みに構っている暇《ひま》はなかった。すぐにベルトコンベアからはい出して、声を張り上げた。

「みんな！　逃げるんだ！」

工場内は爆発の影響で粉塵《ふんじん》が舞い上がり、辺り一面がかすむように煙《けむ》っていた。壁に開いた大きな穴から差し込む外の光が、空間を明るく照らしている。

その光は混乱する人々にとって、希望の道しるべのようだった。

らいおんくんの言葉に応えるように、隠れていたたべっ子たちも、次々と飛び出してきた。

「早く！」「こっちよ！」

ねこちゃんとうさぎちゃんが穴《あな》を指さし、逃《に》げる人々を導く。ねこちゃんの声には力強さがあり、うさぎちゃんの動きは軽やかだった。

「急かしてごめんなさい！　でも、急いで！」「出口はこっちよーん！」

きりんちゃんとかばちゃんも、穴の近くで声を張り上げる。きりんちゃんはその長い首を左右に大きく振り、遠くにいる人々の目印となっていた。

逃げる人々に、ゴットンたちが鋭《するど》い風切り音を響《ひび》かせながら襲《おそ》いかかってくる。その恐《おそ》ろしい音に、人々から悲鳴が上がる。

その混乱の中、ゴッチャンが素早く宙《ちゅう》を舞《ま》い、猛然《もうぜん》とゴットンたちに突進《とっしん》した。渾身《こんしん》の力を込めた一撃《いちげき》でもってぶつかると、ゴットンたちは弾《はじ》けるように四散《しさん》する。

人々はその光景を目にし、歓声を上げた。

「今のうちだ！」

ゴッチャンの叫《さけ》びに、人々は壁《かべ》に開いた穴へと殺到《さっとう》する。だが、塔《とう》の縁《ふち》まで来た瞬間《しゅんかん》、足をすくませ立ち止まってしまった。下に広がる大地までの距離《きょり》は想像以上に高く、そこから先へ進む勇気が出ない。吹《ふ》きつける風が彼らの顔をなでた。

その時だった。足元から低く落ち着いたダンディーな声が聞こえた。

「私たちが、お助けします！」

そこには、コーンスナックのオカシーズたちが並んでいた。

彼らは、わにくんのバイクが通り過ぎた直後、素早くジャンプ台を解体し、肩車《かたぐるま》をしながら上へ上へと続く長いはしごを作り上げていた。

「このはしごを使って下まで降《お》りるんだ！」

さるくんが、尻尾《しっぽ》を振《ふ》って指示を飛ばす。

人々ははしごに足をかけた。だが、いざ降りようとすると、やはり足がすくむ。

それを見たさるくんは、笑顔で言った。

「大丈夫《だいじょうぶ》だって。下を見てみな！」

地上ではコーンスナックのオカシーズたちが手をつなぎ合い、ネットのように広がっていた。

その網目《あみめ》はしっかりとしていて、どんな体重でも受け止められそうな安心感がある。

「これで、万が一手をすべらせても安心だ。それが証拠《しょうこ》に……」

さるくんは、城の縁から、ぴょんと下に飛び降りた。

「キャーッ！」

人々の悲鳴が上がる。だが、次の瞬間《しゅんかん》――

「おーい！　見ろよ！　まったく痛《いた》くないぜ！」

さるくんは、コーンスナックのネットの上に寝そべり、余裕《よゆう》の笑みを浮かべていた。彼はそのまま、勢いよく跳《は》ね上《あ》がると、素早くはしごを駆《か》け登《のぼ》って、城の穴《あな》へと戻《もど》ってくる。

「さ、これでわかったろ？　わかったら、ひとりずつ落ち着いて降りるんだぜ、ベイベ」

ウインクを決めるさるくん。その姿《すがた》を見ていたねこちゃんが、あきれたように「チャラ……」とつぶやく。

さるくんの行動に安心した人々は、ようやく恐怖《きょうふ》を乗り越え、一人また一人と、はしごを降り始めた。

たべっ子たちの反乱に、ゴットンたちは混乱していた。

「何が起きているんだ！」「どうすればいい！」「キングゴットン様のご指示は？」

彼らの焦《あせ》りの声が飛び交う中、たべっ子たちの計画は確実に進んでいった。

「らいおんくーん、早く、塔《とう》の上へ！」「ここはオレたちにまかせろー！」

かばちゃんとさるくんが、らいおんくんに向けて声を張り上げる。その声が、らいおんくんの背中を押《お》した。

「頼《たの》んだぞー！　よし、ゴッチャン、ペロ、教授……行こう！」

らいおんくんは、迷《まよ》うことなく塔《とう》の上へとつながる階段の入り口を目指して駆《か》け出《だ》す。らいおんくんのたてがみにゴッチャンが乗り、ペロとマッカロンが、らいおんくんの背中を追った。

塔の上で、ぺがさすちゃんが待っている。

らいおんくんは一歩一歩を確実に踏《ふ》みしめながら、階段の入り口へと向かった。

牢獄《ろうごく》の中で、ぺがさすちゃんは床《ゆか》に座り、不安に震《ふる》えていた。

大きな爆発音が聞こえて、見張りのゴットンたちはあわてて飛び去った。その後の静けさが、良い知らせなのか悪い知らせなのかを判断する術《すべ》が、彼女にはない。

たべっ子の仲間たちは、今どうしているのだろう？ 無事なのか？ それとも……。

彼女の心は今、不安で押しつぶされそうになっている。

その耳に、かすかに届《とど》く声があった。

「ぴ……い……い……い……い」

その声はしだいに大きくなる。

ぺがさすちゃんは立ち上がり、声のするほうへと近づいて行く。その声は鉄格子《てつごうし》の向こうから聞こえてくる。

「……いいいいいい」

目の前を、ひよこちゃんが下から上へ、一瞬《いっしゅん》で過ぎ去った。

「え？　今の……ひよこちゃん？」

今度は上から声がして、ひよこちゃんが目の前を通過し、再び下に消えた。

「ひよこちゃん！」

ぺがさすちゃんは落下していったひよこちゃんを目で追う。

「ぴ！」

ひよこちゃんが必死に羽ばたきながら浮《う》かび上《あ》がってきた。

だが、どれだけ羽ばたいても、浮かんでは落ち、浮かんでは落ちを繰《く》り返《かえ》している。

「ぴい！　ぴいい！」

「ひよこちゃん！　頑張って！　もう少しよ！」

ぺがさすちゃんの声援《せいえん》に背中を押《お》され、ひよこちゃんは小さな羽を精一杯《せいいっぱい》羽ばたかせ、ついに鉄格子《てつごうし》の隙間《すきま》から中へと飛び込んだ。ひよこちゃんは、その勢いで一回転して、ぺがさすちゃんの足元に転がりこむ。

「もしかして、助けに来てくれたの？」

ひよこちゃんは目を輝《かがや》かせながら、大きくうなずき、力いっぱい訴《うった》えた。

「ぴぃ！　ぴぴぃ！　ぴぃぴぃ！　ぴぃ！」

「うん、うん、うん。でもごめん、なに言ってるか、全然わかんない」

ぺがさすちゃんの率直な言葉に、ひよこちゃんはショックを受けて固まり、その小さな肩《かた》をガクンと落とす。ぺがさすちゃんは、優《やさ》しい声で語りかけた。

「早く大人になって、しゃべれるようになってね」

その言葉に宿る温かさに、ひよこちゃんは勇気を得て、強くうなずき返した。

「ぴぃ！」

ひよこちゃんは、なにかを思い出し、前回りで一回転したかと思うと、頭の上に乗った卵《たまご》の殻《から》を外して、小さなメモを取り出した。

それは4つに折りたたまれていて、ひよこちゃんの卵の殻《から》にちょうど収まるサイズだった。

「なあに、それ？」

ぺがさすちゃんがたずねると、ひよこちゃんはそのメモを広げた。文字は紙一杯の大きな文字で踊《おど》るように書かれていた。ぺがさすちゃんはそれを読み上げる。

「必ず助けに行く。ボクたちを信じて！　By《バイ》らいおんくん。代筆《だいひつ》わにくん」

ぺがさすちゃんは胸《むね》の奥《おく》が、かあっと熱くなるのを感じた。その熱さは喉《のど》元《もと》まで駆《か》け上《あ》がり、ついには涙《なみだ》となってあふれ出す。

――わたしはひとりじゃない。

仲間たちは自分を見捨てることなく。助けにきてくれている。

命がけでそれを伝えに来てくれたひよこちゃんを見つめ、ぺがさすちゃんは静かに、しかし力強くうなずいた。

「わかった。信じるわ」

その時だった。牢《ろう》獄《ごく》の扉《とびら》が重々しい音を立てた。

ぺがさすちゃんは、急いでひよこちゃんにささやいた。

「隠《かく》れて」

ひよこちゃんは、卵《たまご》の殻《から》を頭にかぶり、柱の陰《かげ》へ走った。姿《すがた》を隠したとき、牢獄に3体のゴットンが入ってきた。

「時間だ。おまえを固める」

冷たく無機質な声だった。

「まだ日《にち》没《ぼつ》までには時間があるわ」

ぺがさすちゃんは落ち着いた声で返したが、足の震《ふる》えは隠せなかった。

「悪いが、予定変更《へんこう》だ」

ゴットンの冷淡《れいたん》な言葉に、ぺがさすちゃんは彼らを鋭《するど》くにらみつける。

柱の陰《かげ》に隠れたひよこちゃんは、小さな体をさらに縮《ちぢ》め、ゴットンたちの動きをじっと見つめていた。牢獄内に浮かぶゴットンたちの視線は鋭《するど》く、じりじりとぺがさすちゃんに向かって迫《せま》っている。その様子は獲物《えもの》を追《お》い詰《つ》める肉食動物のようだ。見るに堪《た》えない恐《おそ》ろしい光景に、ひよこちゃんは震えた。

突如《とつじょ》、ゴットンたちが、ぺがさすちゃんへと襲《おそ》いかかる。

ぺがさすちゃんはその動きに反応し、即座《そくざ》に体勢を変え、飛び上がろうとした――だが。

彼女の足は、床にくっつき、離《はな》れない。

「えっ！」

ぺがさすちゃんが足元を見ると、そこには砂糖のコーティングが広がり、彼女の足と床とを、固くしばりつけていた。

「くっ！」

ぺがさすちゃんのまわりを、ゴットンたちはゆっくりと旋回《せんかい》している。まるで意図的に時間をかけているかのようだった。いたぶるように、焦《じ》らすように。

そして、その狙《ねら》い通《どお》り、ぺがさすちゃんの表情には苦痛《くつう》がにじみ始めていた。

その光景を柱の陰から見ていたひよこちゃんが、無謀《むぼう》にも、ゴットンたちに襲《おそ》いかかろうと、一歩前へ踏《ふ》み出《だ》した。ぺがさすちゃんの視線が、一瞬《いっしゅん》だけひよこちゃんに向けられる。そして、ゴットンたちに気づかれぬよう、ごくわずかに首を横に振った。

その仕草《しぐさ》に込《こ》められたのは「動かないで」というメッセージ。

ひよこちゃんは立ち止まった。そして、あらためて自分の無力さを知る。

自分はまだ、飛ぶこともしゃべることもできない。目の前で、大切な仲間――ぺがさすちゃん――が、危機を迎《むか》えているというのに、なにもできずに立ちつくしている。

なんて自分は情けないんだろう。なんでずっと「ひよっこ」のままなんだろう。

早く大人になりたい、強くなりたい、そして、

――ぺがさすちゃんをたすけたい！

ひよこちゃんは、強く強く願った。

だが、その願いは、叶《かな》うことはなかった。

目の前でじわじわと固められていくぺがさすちゃんを前にして、自分の力では何も変えられ

ない現実に、ひよこちゃんはただ涙《なみだ》をこらえるしかなかった……。

スイーツランド城の外では、違《ちが》う危機が迫《せま》っていた。

放たれた無数のゴットンが、わにくんとあごひげ、アフロを追って飛んでくる。３人は、あわててその場から逃《に》げだした。しかし、放置された車が行く手をはばむ。

その時、車の奥からぞうくんが顔を出した。マッカロンのカウボーイハットをかぶり、両手には大きなバケツを握《にぎ》りしめている。

おもむろに、ぞうくんがバケツに鼻を突《つ》っ込《こ》んで水を一気に吸《す》い込《こ》んだ。そして、ゴットンたちに向けて勢いよく鼻を上げる。

ゴットンたちは嫌《いや》な予感がして、急ブレーキをかけるようにたじろいだ。

ドンッ！　ドンッ！　ドンッ！

ぞうくんが力を込めると、鼻から水が音を立てて勢いよく発射《はっしゃ》され、ゴットンたちに直撃《ちょくげき》する。水を浴びたゴットンは、悲鳴を上げる間もなく溶《と》けていく。

「ここでは、俺が法律だ……」

ぞうくんが、西部劇《せいぶげき》のヒーローの真似《まね》をして、ニヒルに笑った。

らいおんくんたちは、塔《とう》の壁《かべ》に沿《そ》うように伸《の》びる、らせん階段を駆《か》け上《あ》がっていく。

「はあ、はあ、はあ……」「もう、だめ、ちかれた……」「もう、これ以上、歩けんぞ！」

息を切らす3人を、ゴッチャンが鼓舞《こぶ》する。

「頑張《がんば》れ！　弱音《よわね》を吐《は》くな！」

「そんなこと言ってるけど、ゴッチャンはずっとボクの上に乗ってるだけじゃないか」

「だから、せめてこうやって、みんなを応援《おうえん》してるんじゃないか！　頑張れ！　歩け！」

「頑張ってる人に頑張れって言うな！　頑張れなくなる！」

「じゃあ……頑張るな？」

「うん、ちょっと休憩《きゅうけい》しよう」

らいおんくんたち3人は、一気に階段に座り込む。

「ってバカ！　立って歩け！　ほら、上を見ろ！」

らせん階段の上のほうから、明るい光がもれている。目的地はもうすぐだ。

「ぺがさすのために、立てらいおん！」

らいおんくんは、口をぐっと結んで立ち上がり、階段を上り始めた。

らいおんくんとペロ、マッカロンは、なんとかからせん階段を登りきり、開けたエリアにたどりつくと、その場にへたり込んだ。

ゴッチャンは、らいおんくんの頭からふわりと舞《ま》い降《お》り、周囲を見渡す。

そこは、まるで舞踏会《ぶとうかい》のために用意されたかのような空間だった。豪華《ごうか》なシャンデリアが下がり、壁のあちらこちらに、綿あめをモチーフにした装飾《そうしょく》が施《ほどこ》されていた。天井《てんじょう》には、微笑《ほほえ》むキングゴットンと、まるで天使のように舞う数体のゴットンが描かれている。

——まったく、悪趣味《あくしゅみ》な部屋だぜ。

ゴッチャンはぞっとするような寒気を覚えた。

かつては憧《あこが》れの対象だったキングゴットンが、今の彼には、ただの不気味な存在にしか見えない。

その時、重厚なブーツの音が響《ひび》き、大勢の人影《ひとかげ》がフロアになだれ込んできた。

「えっ……!」

らいおんくんが、思わず息をのんだ。

整然と並んだ30人ほどの兵士たちは、まるで中世の騎士《きし》のような鎧《よろい》を身にまとい、頭には、ゴットンをヘルメットの形のように固めたものをかぶっていた。手には、棒《ぼう》つきキャンディのような武器を持っていて、その先端《せんたん》は金平糖《こんぺいとう》のようにボコボコとした形をしていた。ひとたび振《ふ》り下《お》ろされたらただでは済まない、そんなすさまじい破壊力《はかいりょく》を秘《ひ》めているように見えた。

「マジかよ……」

「こんなのいるなんて聞いてない！」

ゴッチャンが息をのみ、らいおんくんも呆然《ぼうぜん》とした。

兵士たちは、一糸《いっし》乱《みだ》れぬ動きで武器を持ち上げ、棒《ぼう》を床《ゆか》に激しく叩《たた》きつけた。

ドンッ！

その音には一瞬《いっしゅん》のズレもなく、フロアに重たい音を響き渡らせる。

ゴッチャンは直感した。

――こいつら、キングゴットンに操《あやつ》られてるぜ。

「きょわい……」

「下がってなさい」

マッカロンがペロを背中に隠《かく》した。

「どうすんだ？　人間には『いただきます』が効かねえぞ」

ゴッチャンの問いに、らいおんくんは苦渋《くじゅう》の表情を浮《う》かべた。

「4人だけじゃ、勝ち目はない……」

「しかも、そのうち2人は老人と子どもだぜ」

ゴッチャンは、流れそうになる汗《あせ》を、身体を震《ふる》わせて弾《はじ》いた。

「ペロ、たたかう！」

勢いよく前に出るペロを見て、ゴッチャンがあわてる。

「いやいやいや、お願いだから戦わないで！」

「子どもあつかいちゅるな！」

「ちゅるなって、超《ちょう》、子どもじゃねーか！」

叫《さけ》ぶゴッチャンの後ろで、マッカロンが冷静に状況《じょうきょう》を見つめている。

「これは、絶体絶命だな……」

「ああ……。仲間が、たべっ子のみんなが、いてくれたら……」

らいおんくんは絶望の表情を浮かべ、叶《かな》うはずもない願いを、小さな声でこぼした。

その時――。

チーン！

背後からベルの音が響《ひび》いた。らいおんくんたちが振り向くと、壁《かべ》にある、エレベーターの扉《とびら》が開いた。その中に、たべっ子のみんなが乗っていた。みんな、元気いっぱいの笑顔だ。

「って……エレベーターあるんかーい！」

らいおんくんとゴッチャンが声を合わせてずっこける。

「あれ？」

「助けに来たんだけど」

ねこちゃんとうさぎちゃんが、フロアに進み出る。

「もしかして、お邪魔《じゃま》だった？」

「なんなら、戻《もど》ってもいいんだぜ」

きりんちゃんがいたずらっぽく問いかけると、さるくんがニヤニヤ笑った。

「みんな……ありがとう」

らいおんくんは仲間のありがたさに、胸《むね》が一杯《いっぱい》になる。

「おい、らいおん」

ゴッチャンが言う。

「感動してるところ申し訳ないんだけどさ、それでもオレたち、全然数、足りねえからな！」

たべっ子たちの加勢が来たところで、ペロとマッカロンを入れても10人に満たない。

「こんなんで勝てんのかよ?」

「勝たないと。ぺがさすちゃんのためにも!」

その言葉を聞いて、ゴッチャンはフンと鼻を鳴らす。そしてらいおんくんのたてがみに、あらためて腰《こし》を下ろした。

「よし、覚悟《かくご》は決めたあ!」

「みんな、かかれーっ!」

らいおんくんの言葉を合図にして、たべっ子たちは突撃《とつげき》した。

弾《はじ》かれるように、兵士たちも一斉《いっせい》にたべっ子どうぶつたちに襲《おそ》いかかる。

今から、阿鼻叫喚《あびきょうかん》の大乱闘《だいらんとう》が始まる! ゴッチャンの目に映るのは双方《そうほう》が激突《げきとつ》する瞬間《しゅんかん》っ!

……だったはずが、たべっ子たちは、兵士たちの足元や脇《わき》をきれいにすり抜《ぬ》け、兵士の背後に抜け出たかと思うと、悲鳴を上げてフロアを逃《に》げ惑《まど》う。

「こっちだ!」「待て!」「逃げるな!」

「ひゃーっ!」「ヤダーッ!」「こないでーっ!」

兵士とたべっ子の、追いかけっこが繰《く》り広《ひろ》げられた。

「おいおいおい、戦うんじゃなかったのかよ!」

ゴッチャンは、居《い》ても立ってもいられず、らいおんくんのたてがみから飛び上がった。

マッカロンとペロは、逃《に》げ惑《まど》うきりんちゃんの背中に乗っている。ペロはロデオのように暴れまくるきりんちゃんの背中を楽しんで、無邪気《むじゃき》に笑っている。一方のマッカロンは、必死の形相《ぎょうそう》でしがみついている。顔は青ざめ、明らかに気分が悪そうだ。

ねこちゃんとうさぎちゃんは、兵士の足元を走り回り、さるくんはシャンデリアにしがみついて、兵士に向かってヤジを飛ばす。

ゴッチャンが目を見開いて驚愕《きょうがく》する。

「たべっ子どうぶつ、メチャクチャ弱いっ！」

「ボクたちオカシーズは、争いごとには向いてないからねえ」

そうつぶやくらいおんくんに、ゴッチャンは問いかける。

「……っておまえ、それ、大丈夫《だいじょうぶ》なのか？」

らいおんくんは兵士たち数人に乗っかられて、押《お》しつぶされている。上に乗った兵士は何度も飛び上がるが、らいおんくんの表情は余裕《よゆう》そのものだった。

「ボク、お腹がモコモコだから、全然平気なんだよねえ」

兵士が意地になってさらに高く飛び上がった。しかし、らいおんくんのモフモフな身体は弾《だん》力《りょく》がありすぎた。兵士はまるでトランポリンに乗ったかのように大きくバウンドし、体勢を崩《くず》して転げ落ちる。そして、らいおんくんの尻尾《しっぽ》の上に、足から着地した。

「いったあっ！」

らいおんくんの尻尾はモフモフの毛がなく、皮膚《ひふ》がむき出しだ。それは、彼の最大の弱点だった。ブーツで尻尾を踏《ふ》まれたらいおんくんは飛び上がり、身体に乗っかる兵士たちをまとめて吹《ふ》き飛《と》ばした。そして、その勢いのまま近くの兵士の身体に思わず抱《だ》きついてしまう。

「尻尾は踏まないでっ！」

抱きつかれた兵士は抵抗《ていこう》しようとするが、すぐに動きを止めた。

「ああ……たまらん」

ヘルメットの奥からもれる声は甘《あま》く、喜びに震《ふる》えている。

「モフモフッ！　モフッ！　ああ、たまりませんっ！」

兵士は突如《とつじょ》として絶叫《ぜっきょう》し、らいおんくんにしがみついたまま、後ろ向きに倒《たお》れ込《こ》んだ。弾《はず》みでヘルメットが外れると、むき出しになった顔は頬《ほお》がピンクに染《そ》まり、瞳《ひとみ》はまるでハートマークになったかのようにうっとりとしている。

その様子を目の当たりにしたゴッチャンがとまどいの声を上げた。

「こいつ、笑いながら気絶してるぜ」

「え？」

らいおんくんは倒れた兵士の上に乗ったまま、顔をのぞき込む。兵士は満面の笑みで「カワイイ♡　カワイイ♡」とうわごとのように繰《く》り返《かえ》していた。

その姿《すがた》を見て、らいおんくんは一発逆転の秘策《ひさく》を思いついた。

「みんなあっ！」

らいおんくんの声がフロアに響《ひび》き、混沌《こんとん》とする戦場に一瞬《いっしゅん》、空白のような間が生まれる。

らいおんくんは胸を張りながら言葉を続けた。

「ボクたちはオカシーズだ！　人間を笑顔にするのが得意だろ？」

「だからなんだ？」

さるくんが叫《さけ》ぶ。

「こうすればいいんだよ」

らいおんくんは近くの兵士に飛びつき、ほっぺをスリスリとすりつけた。兵士は振り上げた武器を床《ゆか》に落とし、力なく床に崩《くず》れ落《お》ちる。

「モフッ！　モフッ！　気持ちいい〜ん！　キューン♡」

その兵士の瞳《ひとみ》も、ハートマークになっていた。

「あら！」

きりんちゃんが目を見開く。

「ヤダ！」

かばちゃんはなぜか目を覆《おお》った。

「それって」

ねこちゃんがいたずらっぽく笑う。

「つまり？」

うさぎちゃんが目を輝《かがや》かせる。

「オレたちの武器は、強さじゃなくて？」

さるくんが確信に満ちた目で、らいおんくんを見つめた。

「カワイイ、さ！」

らいおんくんは両手をくるんと折《お》り曲《ま》げ、あざとく子猫《こねこ》のポーズを決めながら、ウインクを飛ばす。その顔を直視した幾人《いくにん》かの兵士が、「きゅーん♡」と叫《さけ》びながら次々と倒《たお》れていった。

らいおんくん渾身《こんしん》の「カワイイ」は最強だった。一度見たら最後、戦意など、どこかへ吹《ふ》き飛《と》んでしまう。

「みんな、骨抜《ほねぬ》きにしてやれーっ！」

らいおんくんの号令で、たべっ子たちは一斉《いっせい》に〝カワイイポーズ〟を決めた。

攻守逆転《こうしゅぎゃくてん》。ここからは、たべっ子どうぶつのターンだ。

「えい！」

うさぎちゃんが兵士に笑顔を向けると、兵士は「きゅーん♡」と気絶する。

「うさぎちゃんやるう！」

エールを送ったさるくんが、大きく跳躍《ちょうやく》。兵士の頭に飛びつき、モフモフのお腹に顔を埋《うず》めさせる。兵士は、ひざの力を失い、脱力《だつりょく》して倒《たお》れた。

きりんちゃんが、兵士たちを3人まとめて長い首で巻《ま》きとる。兵士たちは彼女の首の毛並みにうっとりとして、身体の力を抜いた。きりんちゃんは彼らを、後方に居並《いなら》ぶ兵士へ、ふわりと投げ飛ばした。飛んできた兵士にぶつかった兵士たちも、その優《やさ》しい反撃《はんげき》に拍子抜《ひょうしぬ》けし、「きゅーん♡」の連鎖《れんさ》で倒れ込む。

そして、たべっ子たちは、兵士たちに抱《だ》きつき、くすぐり、モフモフ責めにしていく。

「モフッ！」「あああ……」「たまりませんっ！」「キューン♡」

それは戦いというより、お遊戯《ゆうぎ》のようだった。

「ワタシのお腹、ぽよぽよでしょ？」

かばちゃんが兵士を３人抱《かか》えながら、床をお尻《しり》ですべっていく。そして、気絶した兵士たちを壁際《かべぎわ》に次々と積み上げていく。

「どう？　ワタシの脂肪遊戯《しぼうゆうぎ》？」

立ち上がったかばちゃんが、往年《おうねん》のアクションスターであるブルース・リーよろしく、カンフーポーズを決める。

「ワチョーー！　なんちゃってーっ！」

残った兵士たちは、なんとか形勢を立て直そうと集まり、防御の態勢をとった。その前に立ちはだかったのは、ねこちゃん。兵士たちはねこちゃんを見てたじろぐが、彼女は険《けわ》しい顔でクールに言う。

「なに期待しているの？　私、やんないからね」

ねこちゃんは背中を向ける。兵士たちがホッとしたとたん、ねこちゃんがぼそりと言う。

「だって……」

くるりと振り返ったねこちゃんの表情は一変、キュートな上目遣《うわめづか》いで兵士たちを見つめ、光を集めた瞳《ひとみ》をキラキラと輝《かがや》かせる。

「恥《は》ずかしいからーん」

アイドルポーズを決めるねこちゃんに、兵士たちは一瞬《いっしゅん》でやられた。

「ツンデレーッ♡」

声を上げて、7人の兵士が、メロメロになって倒れた。

「ねこちゃん、ハイ、ピョーズ！」

飛び上がったうさぎちゃんが、ねこちゃんにスマホを向けていた。それに気づいたねこちゃんが笑顔を隠《かく》して、うさぎちゃんにキッと鋭《するど》い目を向ける。

「まさか、撮影《さつえい》してないでしょうね？」

「してないしてない。撮影なんてしてしてないよ」

「絶対アップしないでよね！」

「しないしない」

笑みを浮かべるうさぎちゃんが、違《ちが》う兵士を追いかけるねこちゃんを見送ってから、スマホを自分に向けた。

「って、ねこちゃんのツンデレ、ライブ配信してましたーっ！」

ドサドサドサッ！

その頃、スイーツランドの街角で、ライブ配信を見ていた人々が、ねこちゃんのツンデレに胸を射貫《いぬ》かれて、次々と倒れていた。

うさぎちゃんのスマホ画面には、ハートマークがあふれ、次々に送られてくるコメントでにぎわっている。そのコメントは世界中から送られてきていた。うさぎちゃんのライブ配信は、世界に配信されていた。スイーツランドだけではなく、今や世界中の人々が、スイーツランド城を舞台にした、たべっ子たちの活躍《かつやく》に釘《くぎ》づけになっていた。


たべっ子たちの反撃は終わらない。

らいおんくんが軽やかに跳《と》び上《あ》がり、迫《せま》る兵士たちの顔に四肢《しし》を伸《の》ばし、ぷにぷにの肉球を押しつけた。そのなんとも形容しがたい柔《やわ》らかな触《ふ》れ心地《ごこち》に、兵士たちが声を震《ふる》わせる。

「肉……キュウーン♡」

次の瞬間《しゅんかん》、兵士たちはその場で崩《くず》れ落《お》ちた。

床一面が、幸せそうに気絶した兵士たちで埋《う》め尽《つ》くされた。もはや立っている者はいない。

「……勝った」

らいおんくんが、信じられないといった声でつぶやいた。

「もしかして、わたしたち、強い？」

かばちゃんがガッツポーズをすると、小さな力こぶが腕《うで》にちょこんと盛り上がる。

『カワイイ』がこんなにも強いなんて……」

ねこちゃんが自分たちの意外な力に唖然《あぜん》としながら、ぽつりとつぶやく。

「しゅごい！」「やりおるな」

マッカロンも思わず感心し、うなずいた。

「よし、ぺがさすちゃんのところへ急ごう！」

らいおんくんの声が響《ひび》くと、たべっ子たちは一斉《いっせい》に駆《か》け出《だ》した。

その場に残ったペロは、倒《たお》れている兵士の顔をのぞき込む。

「だいじょーぶ？」

しかし、兵士は幸せそうに微笑《ほほえ》みながら、うっとりとつぶやくだけだった。

「うふふふん……♡」

「だいじょーぶそうだね」

「ペロ、行くぞ」

「あ、まって！」

ペロは、先に進むマッカロンを追った。

――もう少しでぺがさすちゃんに会える！

その希望を胸に、みんなは足を速める。

だが、彼らの前に立ちはだかるのは、先の見えない長い階段だった。ペロとマッカロンの足がしだいに重くなり、２人は少しずつ遅れ始める。

「２人とも、大丈夫《だいじょうぶ》？」

最後尾を走るかばちゃんが、心配そうに声をかけた。

マッカロンは息を切らしながら、余裕《よゆう》のない声で言う。

「我々は……いいから……先に行け……」

「ここは、まかちぇろ」

ペロの見当違いな強がりにとまどいながらも、かばちゃんはうなずき、答えた。

「うん、わかった。ゆっくり来てね！」

かばちゃんは、らいおんくんの背中を追いかけ、さらにスピードを上げた。

牢獄《ろうごく》の扉《とびら》が勢いよく開き、たべっ子たちが飛び込んだ。

次の瞬間《しゅんかん》、目の前の光景に全員が息をのむ。

ぺがさすちゃんは目元を残してほとんどが砂糖《さとう》に覆《おお》われており、わずかに見える瞳《ひとみ》だけが、かすかに光を宿していた。彼女の周囲では、3体のゴットンがぐるぐると回り続け、砂糖の壁《かべ》を固めていた。

「ぺがさすちゃんっ！」

らいおんくんの声が焦《あせ》りを帯びる。

ぺがさすちゃんの耳は、すでに砂糖で覆《おお》われていて、らいおんくんの声は彼女には届《とど》かなかった。しかし、らいおんくんが何かを叫《さけ》び、必死に手を伸《の》ばしている姿《すがた》は、彼女の視界にしっかりと映っていた。

——わたしは大丈夫《だいじょうぶ》。

そのひと言を伝えたい。だが、口はすでに砂糖で固められて、声にすることは叶《かな》わない。

「今、助けるよ！」

「そうは行くか！」

3体のゴットンが、ぺがさすちゃんから離《はな》れて、らいおんくんに向かって飛びかかる。

その時だった──。

駆《か》けつけたマッカロンが、足を力強く踏《ふ》みしめた。そして大きく息を吸《す》い込《こ》み、その声を空間に響かせる。

「いーたーだーきーまーすっ！」

その声は驚くほど力強く、牢獄の空間全体に響《ひび》き渡《わた》った。

ゴットンたちは、チカチカとまたたくように身体を変形させ、ついには、淡《あわ》いピンク色の綿あめになって空中に浮《う》かんだ。

「しまった！」

綿あめになったゴットンが悲鳴をあげる。

たべっ子たちも一斉《いっせい》にビスケットへと姿を変え、床に転がった。

うさぎちゃんのスマホとかばちゃんのポシェットが、無造作《むぞうさ》に床をすべっていく。

ぺがさすちゃんはその一部始終を見ていたが、すでに耳をふさがれた彼女は、お菓子に戻《もど》ることはなかった。

マッカロンはジャケットのポケットに忍《しの》ばせていた、綿あめの棒《ぼう》を取り出し振《ふ》り上《あ》げた。

「わ、わ、わあ！」

綿あめと化したゴットンたちが、棒《ぼう》に吸《す》い寄《よ》せられていく。そして、くるくると絡《から》みつき、ふわりとした綿あめが形をなした。

「ナイス、マッカロン！」

離《はな》れて宙《ちゅう》に浮《う》かぶ、綿あめ姿《すがた》のゴッチャンが喜びの声を上げる。

マッカロンは、床に落ちたビスケット姿のたべっ子たちを拾い上げた。

「やった！」「教授やるぅ」「いいぞ！」

手の平で、ビスケット姿《すがた》のたべっ子たちが跳《は》ねた。

この展開は、作戦にはない、マッカロンのとっさの機転《きてん》だった。

あとは、マッカロンがビスケットを食べてくれれば、みんなでぺがさすちゃんを助けて、今来た階段を降りればいい。ぺがさすちゃん救出作戦は成功したも同然だった。

勝利を確信したらいおんくんが、声を弾《はず》ませて言った。

「マッカロン教授、急いでボクたちを食べ……」

バキッ――。

マッカロンは、なんのためらいもなく、たべっ子どうぶつのビスケットを握《にぎ》りつぶした。

第 6 章

遅れてやってきたペロは、その瞬間《しゅんかん》を目撃《もくげき》していた。

——ひっ！

ペロの悲鳴は喉《のど》につかえて、声にならなかった。

マッカロンが、砕《くだ》けたビスケットを床《ゆか》にバラまく。

「らいおん！　みんな！」

ゴッチャンは叫《さけ》んだ。しかし、答える者はいなかった。

マッカロンは、綿あめの棒《ぼう》を、ゴッチャンへまっすぐ向けた。その目には、優《やさ》しさの欠片《かけら》すら見当たらない。

「やめろ！　おい、やめろって！」

ゴッチャンは必死にもがくが、あらがうことはできなかった。棒に吸い寄せられるように飛んだかと思うと、ゴッチャンの体はピンクの綿あめに混ざり、ピンクと黄色のマーブル模様《もよう》の綿あめになった。

「ククク……」

ペロに背中を向けたマッカロンの肩《かた》が、細かく震《ふる》え出《だ》す。

「ウワッハッハッ！」

突然《とつぜん》、マッカロンは天を仰《あお》いだ。彼の肩が上下すると、大きな笑い声が部屋中に響《ひび》き渡《わた》る。

「きょうじゅ？」

ペロは小さな声で呼びかけたが、マッカロンは振り向かない。

笑い声はしだいに収まり、静寂《せいじゃく》が訪れる。

マッカロンが放つ異様な気配に、ペロの小さな胸《むね》はきゅっと締《し》めつけられ、心臓の鼓動《こどう》は速さを増した。

「やっぱりだ……」

静寂を破るように、低い声が響く。

「笑顔なんてものは、なんの役にもたたない……」

ペロにはその言葉が理解できなかった。だけど、その言葉の異常な冷たさだけは伝わった。

マッカロンの背中からは、彼の心情がまったく読み取れない。怒りなのか、哀《かな》しみなのか、それとも……。ペロは立ちつくし、その言葉の意味を必死に探ろうとした。しかし、彼の背中はまるで壁《かべ》のように、彼女との間に立ちはだかっていた。

「私は子どもの頃、厳《きび》しく育てられてね、私の家には、笑顔なんてものはなかった」

ペロはマッカロンの家族写真を思い出した。

むっつりとしている両親と、母に抱《だ》かれた赤《あか》ん坊《ぼう》のマッカロン。それはたしかに「家族」がそろった写真だったが、心の内では、それぞれが違う方向を向き、バラバラに存在するかのようだった。

ペロはその写真を見るたびに、心が暗くなるのを感じていたのだ。

「父からお菓子を買ってもらったことも、母に作ってもらったこともない。だから、お菓子を食べて笑う子どもたちが、本当にうらやましかった」

ペロは何も言わず、マッカロンの言葉に耳をかたむけ続けた。

「小遣いをためて、初めて自分で買った綿あめ……それを食べた時、初めて私は笑った」

――そうだ。

その時、ゴッチャンの意識は朦朧《もうろう》とし始めていたが、マッカロンの言葉を聞いて、大事な記《き》憶《おく》を取《と》り戻《もど》す。オカシーズになったばかりの、まだゴットンと呼ばれていたころの記憶……。

綿あめを手にして走る少年が、楽しそうに笑っている。

ゴッチャンはその少年の顔をはっきりと思い出した。それは少年だった頃の……、

――マッカロンだ！

「私は自分で買った綿あめを頬《ほお》ばった」

マッカロンの声がゴッチャンを現実に引《ひ》き戻《もど》した。

「その時、オカシーズとして現れたのが、……ゴットンだったんだ」

ゴッチャンは理解した。そのゴットンこそ、自分なのだ。

――オレを生み出したのは、マッカロンだ。

「それから私たちは、いつも一緒《いっしょ》にいた。そうだな、ゴットンはきっと、私に初めてできた友みたいな存在だった。だが、それでも私は満たされなかったんだ……。夕闇《ゆうやみ》が迫《せま》ると、他の子どもたちは家族が迎《むか》えに来た。その光景が私にはとてもつらかった。そんな私の横で、ゴットンは私に謝《あやま》ったんだ。ごめんね……と」

ゴッチャンもその光景を覚えていた。

「ごめんね……」

ゴットン――以前のゴッチャン――の声に、マッカロン少年が振り向く。

「ボクは、君のパパとママの代わりにはなれないから……」

マッカロン少年は少し目を伏《ふ》せて答えた。

「……ボクにだってパパとママはいるよ。だけど、あんな風に笑ってはくれない。みんなが笑っているのを見るのって、こんなにつらいことなんだな」

ゴットンは、この友だちのために、なにかできることはないかと考えこんだ。だが、よい案は浮《う》かばなかった。このまま沈黙《ちんもく》し続けていては、彼にますます寂《さび》しい思いをさせてしまうのではないかと、ゴットンはつい、思いついたことをそのまま声に出してしまう。

「じゃあさ！　世界から笑顔をなくしちゃうっていうのはどう？」

マッカロン少年が驚《おどろ》いた顔を向ける。

「そうしたら、君だけがつらい思いをしなくて済むんじゃない？」

マッカロン少年は一瞬《いっしゅん》黙《だま》り込み、何かを考えるように目を細めた。

「なんてね、そんなことしたら、みんながつらくなっちゃうよね」

ゴットンは、すぐにひどいアイデアを打ち消した。けれど、マッカロン少年の口から出たのは、意外なひと言だった。

「そうか……。世界から笑顔をなくせば、つらいのはボクだけじゃなくなる」

ゴットンの表情に困惑《こんわく》が浮かぶ。

「いいよ、そのアイデア！」

マッカロン少年は強くうなずく。そして、声を弾《はず》ませた。

「ゴットン、世界から笑顔をなくそう。君も、手伝ってくれるんだろ？」

ゴットンは動揺《どうよう》したものの、やがて小さくうなずいた。だってそれは友だちの頼みだったから。

その瞬間《しゅんかん》から、笑顔のない世界の実現に向けて、マッカロンは動き出したのだった。


ペロは、マッカロンの告白を理解しようと懸命《けんめい》に聞いた。

「私はそれから、綿あめを買って、ゴットンを増やした。親に見つからないように、屋根裏《やねうら》に隠《かく》れてな……。ああ、あの頃はほんと、楽しかった。そうだろう、ゴットン？」

チラリと見えたマッカロンの目は、遠くを見つめていた。少年の純粋《じゅんすい》さと深い闇《やみ》が共存《きょうぞん》している。ペロは直感でそれを理解して、ゾッとして後ずさった。

「邪魔《じゃま》だったよ、笑顔を作る存在が……とくに、たべっ子どうぶつが！　あいつらの周りには、いつも笑顔があふれていた。大人になった頃、私は思ったんだ。コイツらがいる限り、私たちの計画は進まない。だが……ついにチャンスが訪《おとず》れた。たべっ子どうぶつがワールドツアーに出かけたんだ！　私は大量の綿あめを買って、来る日も来る日も食べ続けた。現れたゴットンはどんどん大きくなって、屋根裏部屋には収まらなくなった。そして我々はついに、計画を実行に移すため、キングゴットンを空に放ったんだ！」

マッカロンが綿あめを食べながら願ったことは、現れたゴットンに受《う》け継《つ》がれた。混じりけのない純粋悪《じゅんすいあく》、その集合体こそが、キングゴットンなのだ。

「だが、私の作る世界を人々は嫌悪《けんお》した。そして笑顔を求めた……」

マッカロンが両手を天に突《つ》き上《あ》げる。その大きな影《かげ》がペロの足下に伸《の》びて、ペロはまた後ずさった。

「笑顔がそんなに強いのか？　それを知りたくて私は！　たべっ子どうぶつ、おまえたちをここまで連れてきたんだ！」

ここまで彼が正体を隠《かく》していたのも、たべっ子たちと一緒《いっしょ》にこの最上階までやってきたのも、そういう理由があったのだ。

マッカロンは、床《ゆか》に散らばったビスケットの破片《はへん》を見下ろす。

「だが、答えはこの通りだ。ビスケットは砕《くだ》け、ペガサスは砂糖で固められた」

マッカロンは勝利を確信して言う。だが、その声の奥《おく》に潜《ひそ》む、一抹《いちまつ》の寂《さび》しさに、彼自身も気づくことはなかった。

「ペロ、私はね、おまえを利用していたんだよ」

「え？」

「おまえはお菓子の匂《にお》いに敏感《びんかん》で、隠《かく》してあるお菓子を、見つけることができた」

ペロの心に不安が広がる。

「そうして見つけたお菓子海賊《かしかいぞく》に、私は、さも仲間であるかのように近づいて、その後、キングゴットンに伝えて捕《つか》まえてきたんだ」

「ペロを、だましてたの？」

「まあ、そうなるかな」

マッカロンは、冷たく笑いながら言葉を続ける。

「だが、これだけは信じてくれ。ペロ、私《わたし》はおまえが嫌《きら》いではない。おまえは私のように孤独《こどく》だ。だから、そばに置いたんだ」

ペロの心臓《しんぞう》の音が大きくなる。

「もっとも、おまえから両親を奪《うば》ったのは……私なんだがな！」

マッカロンが高らかに笑って振り向いた。その顔は、醜《みにく》くゆがんでいた。それはもはや、ペロが知るマッカロンではなかった。

ペロの瞳《ひとみ》が驚愕《きょうがく》に見開かれる。

マッカロンは、うさぎちゃんのスマホを手に取った。画面には『LIVE』の文字が見える。

「見ているか！　スイーツランドの人々よ！　ペがさすは今、このザマだ」

マッカロンはスマホのカメラを、ぺがさすちゃんに向けた。スマホの画面に、砂糖で固められたぺがさすちゃんの姿《すがた》が映し出される。

スイーツランドの人々は、思わず画面から目をそらした。

「たべっ子どうぶつはもういない。世界から笑顔を消し去ってやる！」

ペロは弾《はじ》かれるように走り出し、砕《くだ》けたビスケットの前に、ひざまずいた。

今、世界を救えるのはペロだけだ。それをペロは理解していない。だが、それでも彼女は必死にビスケットを集めた。

ひとつのビスケットはふたつかみっつの破片《はへん》になり、バラバラに散らばっている。

彼女は懸命《けんめい》に考えた。バラバラになったビスケットを食べれば、たべっ子たちを戻《もど》せるかもしれない。

——この時、まとめていっぺんに食べないこと。〝変なオカシーズ〟になっちゃうからね。らいおんくんが語った注意をペロは覚えていた。

パズルのピースをさがすように、ビスケットの破片《はへん》をくっつけてみる。だが、焦《あせ》るペロは、上手く組み合わせることができない。

「あわない……どうしよう」

暴走するマッカロンの目に、ペロはもう映っていなかった。

「行け、ゴットン！　世界中の笑顔を作る存在を、固めてしまえ！」

マッカロンが窓から外に向かって叫《さけ》んだ。

その言葉に反応したキングゴットンはうなり声をあげて、回転し始める。彼の身体からおびただしい数のゴットンが飛び出して、世界に向かって飛んで行った。

その様子を、城の下にいるぞうくんたちは、無言で見上げていた。空はどんよりと曇《くも》り重たい雰囲気《ふんいき》が漂《ただよ》っている。

牢獄《ろうごく》の中で、マッカロンは手に持ったマーブル模様《もよう》の綿あめを一瞥《いちべつ》すると、ためらいもなくむしゃりとかじりついた。

まばゆい光が放たれ、次の瞬間《しゅんかん》には新たなマーブル模様のゴットンが現れる。そのゴットンは、迷《まよ》いもなくぺがさすちゃんの元へと飛んでいき、高速で回転しながら、彼女を再び砂糖で固め始めた。

ぺがさすちゃんは、残酷《ざんこく》な運命を前に目を閉じた。

だが、ペロはまだあきらめていなかった。

「どうしよう……どうしよう！」

細かく砕《くだ》けたビスケットを、なんとかくっつけようと奮闘《ふんとう》するペロの手は焦《あせ》りに震《ふる》え、ビスケットの欠片《かけら》が落ちてしまう。ペロの目からは、今にも涙《なみだ》があふれそうだった。

その時、「ぴぃ!」という小さな声が響《ひび》いた。

ペロが声のほうへと振り返ると、視界に飛び込んできたのは、柱のそばで跳《は》ねる、小さなビスケットだった。

「ぴぃぴぃ!」

ペロはその声に聞きおぼえがあった。

「ひよこちゃん!」

少しも欠けのない、ひよこの形のビスケットが、小さな体で何度もジャンプを繰《く》り返《かえ》し、必死に何かを訴《うった》えている。ぴぃぴぃとしか言えないひよこちゃんの言葉はわからなくとも、その願いは、ペロにしっかり伝わった。

——たべて!

「うん!」

ペロは、迷《まよ》う間もなく、ビスケットの元へ走り出した。

マッカロンも、跳《は》ねるビスケットを見つけ、「この!」と叫《さけ》びながら大きく足を振り上げる。

しかし、ペロは一歩早くビスケットに飛びつき、ＣＨＩＣＫと書かれたビスケットを、口の中へと放り込んだ。すばやく噛《か》んで飲み込んだ瞬間《しゅんかん》、まばゆい光が弾《はじ》けるように広がり、ひよこちゃんが現れた。

小さな羽を動かし、マッカロンの周囲を素早く飛び回る。

「なんだ！　やめろ！」

マッカロンはひよこちゃんの予想外の行動に動揺《どうよう》し、スマホを振り回す。だが、ひよこちゃんは巧《たく》みに舞《ま》い、メガネを叩《たた》いてずらすと、マッカロンの目を小さなくちばしで突《つ》いた。

「うわああ！」

マッカロンはたまらず顔を抑《おさ》えながら叫《さけ》び声《ごえ》を上げる。スマホを持つ手を激しく振り回し、ついにはひよこちゃんを、スマホと一緒に床に叩《たた》きつけた。

「ぴいっ！」

ひよこちゃんの小さな体が床に転がった。だが、すぐに立ち上がる。その目にはまだ強い光が宿っていた。ひよこちゃんは、横に転がっているうさぎちゃんのスマホに映る『ＬＩＶＥ』の文字を認め、何かを思いついた。

「目が……目があ……」

マッカロンは床にひざまずき、手で顔を覆《おお》いながら苦しそうにうめいている。

ペロは視線をぺがさすちゃんに向けた。

ぺがさすちゃんの体は、砂糖のコーティングでほぼ覆《おお》われている。残されたのは鼻先だけだ。

――さきに、ぺがさすちゃんを、たすけないと！

ペロは意を決し、砕《くだ》けたビスケットを小さな手でかき集め、半ズボンのポケットに突《つ》っ込《こ》んだ。そして小さな足を果敢《かかん》に前へと運び、ぺがさすちゃんのもとへ駆《か》け寄《よ》った。

ぺがさすちゃんを固めるマーブル模様のゴットンを止めるためには、あの言葉――「いただきます」を言うしかない。

ペロは胸の奥にある勇気を振《ふ》り絞《しぼ》り、小さな口を開いて、全力で叫《さけ》ぶ。

「い、いたららます！　いたたきます！」

だが、正確に発音することができない。どうしても、言葉が口の中で絡《から》まってしまう。

「いたたにます！　いたたきます！」

何度も何度も挑戦《ちょうせん》しては失敗を繰《く》り返《かえ》す。ペロの声は、焦《あせ》りと悔《くや》しさで震《ふる》えだした。

ペロの瞳《ひとみ》には大粒《おおつぶ》の涙《なみだ》が浮《う》かび、視界は涙でぼやける。

「いたららます！　……ちゃんといえない……」

ついにペロは、小さなひざを床についた……。

その時、静寂《せいじゃく》を破るように、力強い声が部屋中に響き渡った。

「あきらめちゃダメだ！」

ペロはその声にハッとして顔を上げた。涙がにじむ目で、懸命《けんめい》に周囲を見回す。

「ペロ、おまえはまだ負けてない！」

聞き覚えのある声――。それは、消えかけたペロの勇気に再び火を灯《とも》した。

「なに？」

マッカロンもその声に驚《おどろ》いたように動きを止める。

その時だった。マーブル模様のゴットンが、身震《みぶる》いしたかと思うと、コマのように高速で回転し始めた。やがて、遠心力に負けたかのように、ピンク色のゴットンが細かく砕《くだ》けて弾《はじ》け飛《と》び、その破片《はへん》が光の粒《つぶ》のように散る。そこに残ったのは――黄色い綿あめのオカシーズだった。

「ゴットン？」

マッカロンが驚《おどろ》きの声を上げる。

「いいや、オレはゴッチャンだ！」

マーブル模様の綿あめにされた時、ゴッチャンの意識は他のゴットンに取り込まれたはずだった。だが、その絶望の淵《ふち》から彼は生還《せいかん》したのだ。

「ゴッチャン！」

ペロは喜びにあふれた声を上げた。

マッカロンは、怒りをあらわにして問いかける。

「なぜだ？　なぜ私を裏切《うらぎ》る？」

「綿あめに戻《もど》った時、思い出したんだ。マッカロン、オレがあの時の、最初のゴットンなんだ」

ゴッチャンは静かに話す。

「たべっ子どうぶつがワールドツアーに出かけた後も、オレはキミのそばにいた。その時のキミは、ただひたすらに綿あめを食べ続け、巨大《きょだい》なゴットンを大きくすることに夢中だった。もうやめようと訴《うった》えるオレの声は、すでにキミには届《とど》かなくなっていた。そしてオレは……キミのそばから逃《に》げだしたんだ」

マッカロンは、困惑《こんわく》した表情でゴッチャンの話を聞いている。

「オレが生まれた理由は、マッカロン、キミを笑わせたかったからだ。なのに、オレはそれをあきらめた。……悔《くや》しかった。そこまでキミを追い込んだ自分が情けなかった。オレは泣いた。わんわん泣いた。自分の涙《なみだ》で溶《と》けたオレは地面に落ち、風に吹かれて、いく粒《つぶ》かの砂糖になったんだ。そしてまたオカシーズになった時にはもう、キミのことは覚えていなかった」

ゴッチャンは、祈《いの》るように語り続ける。マッカロンの中にいるはずの、少年時代の彼に向かって――。

「でも、あきらめちゃいけなかった。だってオレは……キミの友だちだったから」

「なにを今さらっ！」

「……ごめんよ」

「謝ってほしくなんてない！」

マッカロンの悲痛な叫《さけ》びが、牢獄《ろうごく》の中に響《ひび》き渡《わた》った。

「私たちはやりとげる寸前《すんぜん》なんだ！　なのに、なのに……」

そして震《ふる》える肩をがっくりと落とし、低い声で言った。

「がっかりさせないでくれよ」

絞《しぼ》り出《だ》すように出た言葉。それは、彼の心の奥でうずくまるマッカロン少年の嘆《なげ》きだった。

ゴッチャンは決意する。あきらめちゃいけない。今度は絶対にやりとげる。目の前の彼と、少年時代の彼を救うために、絶対に折《お》れてはいけないのだと。

「人から笑顔を奪《うば》ったって、キミは幸せになれない！」

「そんなこと知ってるさ！　だから笑顔を奪《うば》って、みんなを不幸にするんじゃないか。そんなこともわからないのか！」

ゴッチャンは、まるで少年時代の彼に寄《よ》り添《そ》うように、優しい声で語りかける。

「キミが幸せになる方法が、絶対にあるはずだ。一緒《いっしょ》にそれを見つけよう」

沈黙《ちんもく》が部屋を包《つつ》んだ。ゴッチャンの言葉は届《とど》いたように思えた。しかし――

マッカロンは静かに首を横に振《ふ》った。

「……もういい」

そのひと言は刃《やいば》のように部屋の空気を切《き》り裂《さ》いた。

「わかってもらえないのなら、もういい。……キミにも、消えてもらうよ」

マッカロンはゴッチャンにゆっくりと背を向けた。そして、冷たく無慈悲《むじひ》な声で、あのひと言を放つ――。

「いただきます」

ゴッチャンの体が、チカチカまたたくように身体を変形させる。

――マッカロン……。

ゴッチャンの思いは届かなかった。彼は綿あめの姿《すがた》となり、ふわりと床《ゆか》に落ちた。

すべてが終わった。重い空気が牢獄《ろうごく》の中に満ちた。

だが、その沈黙《ちんもく》を破るように――

「きょうじゅ！」

誰もが想像しなかった声が明るく響《ひび》き渡《わた》った。

マッカロンが驚《おどろ》いて振り返る。そこにはスマホをしっかりと構えるペロの姿《すがた》があった。彼女の頭の上では、ひよこちゃんが、小さな羽で自分の耳をぎゅっと押《お》さえている。

「ペロ、お前、なにをしている？」

ペロは毅然《きぜん》と言い放つ。

「はいしんちゅうです！」


スイーツランドの街に飛来するゴットンの群れ。その無数の影が人々の頭上を覆《おお》いつくし、恐怖《きょうふ》が街全体に広がる。

人々は息をのみ、ゴットンが襲《おそ》いかかるその瞬間《しゅんかん》を待つしかなかった。

その時――人びとが手に持つスマホから、教授のあの言葉が流れだした。

『いただきます』

飛来していたゴットンたちは、とたんにポン！　という音を立て、綿あめへと姿《すがた》を変えた。

綿あめたちは、地面へとゆっくり降《お》り始《はじ》める。

街にいた誰もがその光景を呆然《ぼうぜん》と見上げていた。恐怖《きょうふ》と絶望の象徴《しょうちょう》であったゴットンが、甘《あま》い香《かお》りを漂《ただよ》わせながら、綿あめとなって街に降り積もる。

ライブ配信は、スマホの中にとどまらなかった。大通りのビジョンや駅の放送スピーカーを通して、マッカロンの声は街全体に響《ひび》き渡《わた》った。世界中に飛んでいこうとしていたゴットンたちは、その声を聞いて、一斉《いっせい》に綿あめへと姿を変える。

ポン！　ポン！　スポポポン！

ゴットンが綿あめに姿を変える音が、街中に響き渡った。

さまざまなスピーカーから流れる『いただきます』の声は重なって、さらなる音のうねりを生み、塔《とう》の頂上にそびえるキングゴットンに襲《おそ》いかかる。

「グワァァ……！」

その声をかき消そうと、叫《さけ》び声《ごえ》を上げたキングゴットンだったが時すでに遅《おそ》く、その巨大《きょだい》な体が震《ふる》え始《はじ》めたかと思うと、次の瞬間《しゅんかん》、無数の綿あめに分裂《ぶんれつ》し、飛び散った。

「グワッ！」

最後のひと声を残して、キングゴットンの姿は完全に消えた。

街を覆《おお》っていた巨大な影《かげ》はなくなり、代わりに空から綿あめが雪のように降り注いだ。

マッカロンは、牢獄《ろうごく》の窓から降りしきる綿あめをながめていた。

――すべてが消えた。私が願いを込めて作ったゴットンが……すべて。

マッカロンは鉄格子《てつごうし》を強くつかみ、怒りに震《ふる》えた。

「ペローッ！」

怒声《どせい》とともに振り返る。すると、そこにはペロと、たべっ子たちが並んでいた。

きりんちゃんと、その背中《せなか》に乗ったさるくん。うさぎちゃんとねこちゃんは、それぞれペロの横に立ち、ペロの帽子《ぼうし》の上には堂々と胸を張るひよこちゃんがいた。かばちゃんは腰《こし》に手を当て、得意満面のドヤ顔をしている。

「な、なんだと……？」

ペロが、手に持つビスケットをまっすぐマッカロンへと向ける。マッカロンの目に飛びこんだのは、半分に割れた部分をぴたりと合わせて元の形を取《と》り戻《もど》したビスケットだった。

そのビスケットには、ＬＩＯＮの文字が見える。

「ど、どうやって、それを？」

マッカロンは愕然《がくぜん》とする。

幼いペロに、こんな芸当ができるはずがない。何かの偶然《ぐうぜん》か、それとも――。

だが、ペロは胸を張って答えた。

「だってペロ、べんきょうしたんだもん！」

「ねー」

誇《ほこ》らしげに胸を張るペロの隣《となり》で、かばちゃんがうなずいた。

マッカロンの脳裏《のうり》に、昨夜の記憶《きおく》がよみがえる。たべっ子どうぶつのパッケージを見ながらかばちゃんと一緒にアルファベットを学んでいたペロの姿《すがた》――。

「これは、M、O、N、K、E、Y……モンキーね」

かばちゃんがビスケットの文字を読み上げる。

「モンキー……あった！　さるくん！」

ペロはパッケージから、MONKEYの文字を探し出し、嬉《うれ》しそうに声を上げた。

「じゃあ、らいおんくんは？」

「えっと……L、I、O、N……らいおん！」

「正解！」

あの短い時間で学んだことを、ペロがこんな形で生かすとは……。マッカロンは、理解を超《こ》えた状況《じょうきょう》に言葉を失った。

ペロは手にしたLIONのビスケットを口に放り込み、すばやく噛《か》んで飲み込むと、光の中から現れたらいおんくんが、ペロを守るようにして降り立った。

「そこまでだ、マッカロン！」

「クウッ！」

あと一歩で完成するはずだった彼の野望。それをペロが打《う》ち砕《くだ》いた。今まで子どもだと思っていた存在にまんまと出《だ》し抜《ぬ》かれた屈辱《くつじょく》に、マッカロンは理性をかなぐり捨てて叫《さけ》ぶ。

「この、食《く》いしん坊《ぼう》めぇ！」

その悪態に、ペロはかえって誇《ほこ》らしく胸を張った。

ペロの後ろに立つきりんちゃんは、自分の口グセを逆手《さかて》にとって、マッカロンに言い返す。

「食いしん坊で、ごめんなさい♡」

にっこりと笑い、ウインクまでするきりんちゃんに、たべっ子たちは驚《おどろ》き、顔を見合わせた。

いつもなら、きりんちゃんのこの口グセを注意する役目のかばちゃんも、今度ばかりは感心して、頭から抜《ぬ》けるような高音で「きりんちゃん、言うよねー！」と陽気に言い放った。

マッカロンの目が泳ぐ。居並《いなら》ぶたべっ子たちを前に、彼の精神は、敗北と屈辱《くつじょく》でボロボロになっていた。だらしなく開いた口からは、うめき声がもれる。

やけになったマッカロンは、床に落ちていたかばちゃんのポシェットをつかんだ。そして、それを高々と掲《かか》げると、中から流れ出るアメ、ガム、チョコレート、グミ……ありとあらゆるお菓子を、一気に口へと放り込んだ。

「ああん、ワタシのお菓子っ！」

かばちゃんが悲鳴を上げる。

くっちゃ、くっちゃ、くっちゃ……。彼は、すべてをまとめて咀嚼《そしゃく》しはじめた。そしてさらに、綿あめの姿のゴッチャンをつかみ、無理やり口に押《お》し込《こ》んだ。

「わ！　やめろ！」

「ゴッチャン！」

らいおんくんの叫《さけ》びむなしく、ゴッチャンの声は、マッカロンの口の中に消えていく。

……ゴクリ！

マッカロンは、すべてのお菓子を口の中で一緒《いっしょ》くたにして飲み込んでしまった。とたん、彼の背後に、ドロドロとうごめく影《かげ》が現れる。

マッカロンの口に砕《くだ》かれ、飲み込まれたさまざまなお菓子たちが、不気味な姿《すがた》のオカシーズとなって現れ始めていた。

チューイングガムの影響《えいきょう》で異常に膨張《ぼうちょう》し、天井《てんじょう》につきそうなほど巨大《きょだい》な体。グミのように柔《やわ》らかい体躯《たいく》は、ゆらゆらと揺《ゆ》れている。皮膚《ひふ》は、すべてのお菓子が混ざり合う寸前の、不気味なマーブル模様《もよう》をなしていた。にごった瞳《ひとみ》に理性の光はなく、口からはだらんと垂《た》れた舌《した》とともに、低くうなるような邪悪《じゃあく》な呼吸音《こきゅうおん》がもれていた。

それは、巨大で恐ろしいオカシーズの化け物、ゴーレムドンだった。

「ゴッチャンが、取り込まれた!」

らいおんくんの叫《さけ》びは、大きなうなり声によってかき消された。

ドゥオオオオゥ……!

邪悪《じゃあく》な咆哮《ほうこう》が城を揺《ゆ》るがした。

ゴーレムドンの拳《こぶし》が振り下ろされ、地面を激しく叩《たた》きつける。轟音《ごうおん》とともに床がひび割れ、その勢いのまま振り上げられると、その拳《こぶし》は、今度は壁《かべ》に直撃《ちょくげき》した。石が砕《くだ》け、瓦礫《がれき》が四方へ飛び散る。

壁には巨大《きょだい》な穴《あな》が穿《うが》たれ、そこから見える地上は遠く霞《かす》み、街の建物が豆粒《まめつぶ》のように見えた。たべっ子たちは、塔《とう》の高さを改めて知り、息をのんだ。

「いいぞ！　もっとやれ！」

マッカロンは我《われ》を忘れたように叫《さけ》ぶ。

ゴーレムドンの拳《こぶし》が壁に炸裂《さくれつ》するたびに、塔は激しく震《ふる》え、悲鳴を上げるかのように崩壊《ほうかい》していく。マッカロン自身も激しい振動《しんどう》に耐《た》えきれず、よろめいて床に倒れ込んだが、こみ上げる笑いは止まらなかった。

「ゴッチャン！　やめろ！　負けるな！」

らいおんくんの必死の叫《さけ》びにも、ゴーレムドンは耳を貸さなかった。逃《に》げ惑《まど》うたべっ子たちを追《お》い詰《つ》め、破壊《はかい》の手を緩《ゆる》める気配はない。巨大な体の中に取り込まれたゴッチャンは、封印《ふういん》されたかのように、沈黙《ちんもく》を続けている。

その時、ゴーレムドンが振り下ろした大きな手が、ペロを直撃《ちょくげき》するかのように迫《せま》った。

「危ないっ！」

らいおんくんは反射的にペロを抱《だ》きかかえ、横っ飛びに転がった。ゴーレムドンの手が床《ゆか》を叩《たた》きつけ、衝撃《しょうげき》で床石が跳《は》ねる。

危機はまだまだ続く。

ゴーレムドンはさらに身体をひねり、長い腕《うで》を力任せに振り抜くと、中央にそびえ立つ巨大《きょだい》な柱に直撃《ちょくげき》し、石造りの柱に大きな亀裂《きれつ》が走った。

砕《くだ》けた石が飛び散り、たべっ子たちに降り注ぐ。

きりんちゃんが、目を開くと、巨大な柱が根元からかたむき、倒れていくのが見えた。

「見て！」

続けて、さるくんも声を張り上げた。

「危《あぶ》ないっ！」

柱は、砂糖に閉じ込められたぺがさすちゃんのほうへ、まっすぐ倒れていく。

「ぺがさすちゃん！」

らいおんくんは迷《まよ》うことなく駆《か》け出《だ》した。そして、彼女を抱きかかえるように飛びこみ、床へと転がる。次の瞬間《しゅんかん》、柱が轟音《ごうおん》とともに倒れた。まさに間一髪《かんいっぱつ》だった。

だが、安堵《あんど》する間もなく、ゴーレムドンの巨大な手が、2人に向かって振り下ろされる。

——もうダメだ！

らいおんくんは、ぺがさすちゃんの上に覆《おお》いかぶさり、目を閉じた。

「……」

しかし衝撃《しょうげき》はこなかった。

らいおんくんは、おそるおそる目を開ける。

振り下ろされるはずだったゴーレムドンの手は、らいおんくんの頭上、ほんの数センチ手前で止まっていた。

動きをとめたゴーレムドンの体が、小刻《こきざ》みに震《ふる》え始《はじ》めた。それはまるで、ゴーレムドンの中で、ふたつの意志が激しく言い争っているかのようだった。

「なにをしている！　早くたべっ子たちを、叩《たた》きつぶせ！」

マッカロンの声が響くと、ゴーレムドンは頭を抱《かか》え、苦しげな声を上げた。

グオオオオッ……ッ！

苦悶《くもん》の声を上げ、大きな身体をよじらせ、暴れるゴーレムドン。

らいおんくんは、ゴーレムドンの瞳《ひとみ》に、一瞬《いっしゅん》、影《かげ》が差したのを見逃《みのが》さなかった。

「ゴッチャンが……かなしんでる」

救いを求め伸ばされた友だちの手を、今度は絶対に離《はな》さない――。ゴッチャンは、この最後のチャンスを逃すまいと必死に戦っている。だが、今やゴーレムドンに取り込まれ、意識があるのかさえわからない……。

ゴッチャンは、くじける寸前《すんぜん》に思えた。


らいおんくんもゴッチャンも、自信をなくし、ひねくれていた。そして、大切なものを失いかけた。らいおんくんは、仲間との絆《きずな》を。ゴッチャンは、友だちの笑顔を。

だけど2人は気づいた。まだ間に合う、あきらめちゃいけない——と。

『おまえがなくした自信を、オレがうめてやる。リーダーとしての自信を取《と》り戻《もど》せ!』

たてがみに空いたくぼみに、ふわりと乗ったゴッチャンが言ったあのひと言を、らいおんくんは思い出した。

——今度は、ボクの番だ。

「ゴッチャン……キミを、ひとりぼっちには、させない!」

らいおんくんは全力で駆《か》け出《だ》した。崩《くず》れた柱を踏《ふ》み台《だい》にして思い切り跳躍《ちょうやく》し、ゴーレムドンの身体へと、迷《まよ》いなく飛《と》び込《こ》んだ。

「らいおんくん!」

ねこちゃんとうさぎちゃんが同時に叫《さけ》ぶが、彼の姿はすでに、巨大な身体の中へと消えていた。

らいおんくんがゴーレムドンの体内に飛び込んだ瞬間《しゅんかん》、世界が一変した。

そこは闇《やみ》に覆《おお》われた空間だった。空気は重く、濃密《のうみつ》な黒い霧《きり》が立ち込めている。闇は渦《うず》を巻《ま》きながらうごめき、嫉妬《しっと》や憎しみ、孤独《こどく》といった負の感情が嵐のように吹《ふ》き荒《あ》れていた。

「ゴッチャン？　どこだ！」

らいおんくんの叫《さけ》びは、闇に吸《す》い込《こ》まれるように消えていく。

耳を澄《す》ますと、か細い少年の声が聞こえてきた。

「パパ……ママ……」

その声に、冷たく厳しい女性の声が重なる。

「ひとりでできるでしょう？」「いつまでも甘《あま》えてないで」「食事は静かにするものよ」

続いて、低く威圧《いあつ》的《てき》な男性の声が重なる。

「ヘラヘラと笑うな」「プライドを持て」「ふざけるんじゃない！」

さらに追《お》い討《う》ちをかけるような声が響《ひび》く。

「お菓子なんて食べてはいけません」「罰《ばつ》として今日はご飯抜《ぬ》きだ」

すすり泣く声が続く。

「ママ、ごめんなさい。パパ、許して」

――これは……マッカロン教授の記憶《きおく》？

らいおんくんの心が締《し》めつけられる。

「僕はただ、パパとママに、笑ってほしいだけなんだ……」

オカシーズが生まれる時、食べた人の思いが反映される。ゴーレムドンの心には、マッカロン少年の切なる願いと、それを否定《ひてい》するような厳しい言葉が、渦巻《うずま》いていた。

「何見てんだよ」「コイツ、お菓子を買ってもらえないんだって」「あげねえぞ」

少年たちの心ない言葉が、容赦《ようしゃ》なく、らいおんくんの心を打ちつけた。

――なんて悲しい記憶なんだ。

黒い霧《きり》が身体にまとわりつく。しかし、らいおんくんは立ち止まらない。霧をかき分けながら前へと進む。

小さな黄色い光が見えた。

らいおんくんはその光に向かって懸命《けんめい》に手を伸《の》ばす。霧が薄《うす》れ、光の輪郭《りんかく》が明らかになる。

それは、弱々しく光を発するゴッチャンだった。

まぶたを固く閉じてうなされるゴッチャンに、らいおんくんは優《やさ》しく触《ふ》れた。

その身体は冷たく、弱々しい光は、今にも消え入りそうだった。

「ゴッチャン――」

らいおんくんはゴッチャンを胸《むね》の中に抱《だ》き寄《よ》せた。モフモフとした温《ぬく》もりが、冷え切ったゴッチャンを包《つつ》み込《こ》む。すると、ゴッチャンの身体がかすかに輝《かがや》き始《はじ》めた。らいおんくんの腕《うで》の中で、光は少しずつ強さを増し、暗闇《くらやみ》を押しのけるかのように周囲を照らしだす。

ゴッチャンの目が静かに開いた。

「……らいおん？」

か細い声に、らいおんくんは優しく微笑《ほほえ》む。

「ゴッチャン、思い出すんだ。キミが本当にしたかったことを……」

「本当に、したかったこと？」

「キミはまだ、マッカロンの、本物の笑顔を取《と》り戻《もど》せていない。あきらめちゃダメだ。キミはまだ、負けてない。……だろ？」

とまどっていたゴッチャンの表情が変わった。

「わかってるさ、偉《えら》そうに言うな」

照れくさそうに微笑《ほほえ》むゴッチャンに、らいおんくんは安心したようにうなずいた。

ゴッチャンが発するまばゆい光が2人を包《つつ》みこみ、どんどんと強くなる。そして、混沌《こんとん》の世界にあまねく広がっていく。その光の中心で、らいおんくんはゴッチャンをしっかりと抱《だ》きしめ続けた。

嵐《あらし》は静まり、闇《やみ》は去り、負の感情は霧散《むさん》した。


「どうした、止まるな！　壊《こわ》せ！　つぶせ！　消し去れっ！」

マッカロンの叫びが牢獄《ろうごく》に響《ひび》き渡《わた》る。

しかし、ゴーレムドンはマッカロンの叫《さけ》びを無視するように、自らの胸《むね》に手を差し入れる。

そしてゆっくりと引《ひ》き抜《ぬ》くと、その手にはらいおんくんが乗っていた。

ゴーレムドンは、らいおんくんをそっと地面に降《お》ろす。

らいおんくんは、ゴーレムドンの顔を見上げた。険《けわ》しかった表情は和《やわ》らいで、その目には優しさが宿り始めていた。

「ありがとう、らいおん」

ゴーレムドンが静かに語りかける。それは、たしかにゴッチャンの声だ。もはや、その巨体《きょたい》は、ゴッチャンそのものだった。

「ゴッチャン、おかえり」

らいおんくんは微笑《ほほえ》みながら応《こた》えた。

ゴーレムドンはマッカロンに向き直り、そっと言葉をかける。

「マッカロン、もうやめよう」

そして、マッカロンを抱《だ》きしめるように腕《うで》を広げ、ゆっくりと歩み寄る。

「やめろ！　やめてくれ！」

マッカロンは、おびえたように叫《さけ》ぶ。

「そんなことがしてほしいんじゃない！」

マッカロンはゴーレムドンから距離を取るように後ずさる。だが彼は気づかなかった——背後に崩《くず》れ落《お》ちた床が迫《せま》っていることに。

「あっ！」

足が空を切り、重力が彼の体を引きずり込む。マッカロンは絶叫《ぜっきょう》とともに、塔《とう》から落下していった。

「マッカローーン！」

ゴーレムドンの巨大な体が瞬時《しゅんじ》に動いたかと思うと、空に身を投げ、まっすぐに落ちていく。

らいおんくんは叫《さけ》んだ。

「ゴッチャーン！」

ゴーレムドンは、どこまでも加速し、落ちゆくマッカロンに手を伸《の》ばした。

たべっ子どうぶつ THE STORY

第 7 章

城の崩壊《ほうかい》は、まるで止まる気配を見せなかった。無数のひび割れが床《ゆか》を走り、塔《とう》全体が不気味な音を立てながら、ゆっくりとふたつに裂《さ》かれていく。

片方には、ねこちゃん、うさぎちゃん、さるくん、ペロとかばちゃん。傾《かたむ》き続けるもう一方には、らいおんくんとひよこちゃん、そして固められたぺがさすちゃんが取り残されていた。

亀裂《きれつ》の幅《はば》は刻一刻《こくいっこく》と広がり、もう、反対側へ飛び移ることは不可能だった。

らいおんくんは一歩前に進み、向こう岸側の仲間たちへ向かって叫《さけ》ぶ。

「みんな、早く逃《に》げて！」

ねこちゃんたちの背後には、下へと続く階段があった。その階段を使い、下のフロアへ向かえば、まだエレベーターを使って脱出《だっしゅつ》することができるだろう。

「らいおんくんは！」「どうするの！」

うさぎちゃんとねこちゃんが不安げに叫《さけ》ぶ。

「ボクは、ぺがさすちゃんを助ける！　心配しないで、ぺがさすちゃんはボクを乗せて飛べるから！」

ひよこちゃんが「ぴぃ！」と力強く鳴いて、らいおんくんの言葉を後押《あとお》しする。

だが、それが精一杯《せいいっぱい》の強がりだということを、らいおんくん自身が一番よくわかっていた。

塔《とう》は今にも崩壊《ほうかい》しそうだし、ぺがさすちゃんは砂糖で固まったままだ。

それでも、ここで不安を見せてしまえば、みんながさらに動揺《どうよう》してしまう。

らいおんくんは大きく手を振り、仲間たちを励《はげ》ますように声を張る。

「大丈夫《だいじょうぶ》だから、早く行って！」

地響《じひび》きは収まらない。うさぎちゃんが声の限りに叫ぶ。

「急いでよ！」

「こっちも急ごう、早くしないと、塔が崩《くず》れるぞ！」

さるくんが急《せ》かすが、その目にはらいおんくんたちを置いていくことへの迷いがあった。

「必ずみんなに追いつく！　ボクを信じて！」

らいおんくんのその言葉が、最後の背中を押《お》した。

「らいおんくん、後でね！」

かばちゃんがそう言うと、たべっ子たちは階段へ向かって走り出す。

仲間たちが下りて行くのを見届《みとど》けると、らいおんくんは大きく息を吸い込み、ぺがさすちゃんのもとへ駆《か》け寄《よ》った。

「絶対に助けるからね、ぺがさすちゃん……」

らいおんくんは前足に力を込めると、爪《つめ》を出した。

そして、ぺがさすちゃんを覆《おお》う砂糖のコーティングを削《けず》り始《はじ》める。ひよこちゃんもくちばしを使い、必死に固い砂糖を砕《くだ》いていく。

らいおんくんの爪が次々と折れていくが、彼は気にも留《と》めず、ただ黙々《もくもく》と削《けず》り続《つづ》けた。

やがて、ぺがさすちゃんの姿《すがた》が少しずつ現れ始める。

「もう少しだ！」

「ぴい！」

ついにぺがさすちゃんを固めていた、すべての砂糖が取《と》り除《のぞ》かれた。

らいおんくんは、優《やさ》しく彼女に問いかける。

「ぺがさすちゃん、大丈夫《だいじょうぶ》？」

「ぴいぴい！」

ぺがさすちゃんが、ゆっくりと目を開ける。

「……ひよこちゃん？　それに……らいおんくん？」

「ぺがさすちゃん、お待たせ！」

らいおんくんの微笑《ほほえ》みに、ぺがさすちゃんもようやく笑顔を見せた。

だが、感動の再会の時間はあまりにも短かった。

塔《とう》の揺《ゆ》れはさらに激しさを増し、周囲に大きな瓦礫《がれき》が次々と落ちてくる。衝撃《しょうげき》でらいおんくんは思わず体勢を崩《くず》した。

「ぺがさすちゃん、立って！　ここから飛ぶんだ！」

ぺがさすちゃんは、らいおんくんの呼びかけに背を向けると、小さくつぶやいた。

「ダメ……できない」

「なんで⁉」

らいおんくんは困惑《こんわく》しながら問いかける。

「翼《つばさ》が、壊《こわ》れちゃったから……」

「壊れた？」

らいおんくんが驚《おどろ》いて彼女の背を見ると、そこに翼はなかった。

「え？」

ぺがさすちゃんのそばにふたつの翼が落ちていた。命を失ったかのように地面に横たわるそれは、中の機械が露出《ろしゅつ》し、バチバチと火花を散らしている。

「わたしはペガサスなんかじゃない。ただの、角《つの》が生えた白い馬。……ずっとみんなをダマし

てたの」

ぺがさすちゃんの言葉が、らいおんくんの胸に突《つ》き刺《さ》さる。

かつて彼は、ぺがさすちゃんの角《つの》が、ニセモノなのではないかと疑《うたが》ったことがあった。

——角じゃなくて、翼《つばさ》だったのか。

「わたしは、らいおんくんと歌うのが夢だった」

ぺがさすちゃんは、まつげを伏《ふ》せて語り出した。

「オーディションが開催《かいさい》されると聞いた時、自信がなかったわたしは、大きな嘘《うそ》をついた。機械の翼を本物だと偽《いつわ》って、オーディションに参加した。それが功《こう》を奏《そう》して、わたしはオーディションを勝ち抜いた。そして……本当のことを言うきっかけを見失ってしまったの」

らいおんくんは、ただじっと耳をかたむけている。

「ずっと無理して意地《いじ》張《は》って……本当にごめんなさい」

「違《ちが》うよ」

らいおんくんは、穏《おだ》やかに言った。

「キミがオーディションに受かったのは、翼があったからじゃない。人をいやし、笑顔にする、そんな歌が歌えたからさ」

ぺがさすちゃんは目を見開いた。

「キミの歌声はまさに魔法《まほう》だよ！　さすが、ユニコーンだ」

ぺがさすちゃんの目に、みるみる涙《なみだ》があふれる。

「キミは、まだまだ、みんなを笑顔にしないと」

そう言うと、らいおんくんは彼女を優《やさ》しく抱《かか》えた。

「らいおんくん？」

「ボクの身体は、モフモフだからさ、ボクが抱えて落ちれば、きっとキミは助かる」

ぺがさすちゃんはハッとして、らいおんくんの手からおりた。

「でも、そんなことをしたら……」

——あなたは無事ではすまないわ。

その残酷《ざんこく》なひと言を、彼女は口に出すのを恐《おそ》れた。

「ひよこちゃんも、おいで」

「ぴい！」

らいおんくんに呼ばれたひよこちゃんは、たてがみのくぼみにちょこんと飛び乗った。

「ダメよ！　いくらモフモフだからって、ここから落ちたら……」

その時、ぺがさすちゃんの足元の地面が崩《くず》れた。

「危《あぶ》ない！」

らいおんくんの声が響《ひび》く間もなく、ぺがさすちゃんは、瓦礫《がれき》とともに、吸《す》い込《こ》まれるように落ちていった。

「きゃあー！」

「ぺがさすちゃん！」

らいおんくんは迷《まよ》わなかった。落下するぺがさすちゃんを追うように床《ゆか》を蹴《け》り、飛び降りた。激しい風が吹《ふ》きつけ、彼のたてがみを逆立てる。らいおんくんは必死に手を伸《の》ばし、ついにぺがさすちゃんに追いつくと、彼女をしっかりと抱《だ》きしめ、その体を守るように包《つつ》み込《こ》んだ。

ひよこちゃんは必死に、らいおんくんのたてがみにしがみついている。

3人は瓦礫《がれき》とともに、猛《もう》スピードで地上へと落下していく。

「ぴいい！」

その時、ひよこちゃんが吹きつける風にさらわれ、たてがみから引《ひ》き離《はな》されてしまった。

宙《ちゅう》を舞《ま》うひよこちゃんが目を細めて下を見る。

ぺがさすちゃんを強く抱きしめるらいおんくんが、落下し続けていた。

ひよこちゃんは、強く願った。

——大人になりたい！　大人になって、ふたりを助けたい！

「ぴぃいいっ！」

ひよこちゃんは、力の限りに叫《さけ》んだ。その瞬間《しゅんかん》——。

ひよこちゃんの体が強烈《きょうれつ》な光を放ったかと思うと、小さな羽が巨大《きょだい》な翼《つばさ》へと変化し、短かった尾は長く優雅《ゆうが》に伸《の》びていく。全身が輝《かがや》きで包《つつ》まれ、まるで新しい生命を得たようだった。

らいおんくんは、目を閉じて、落下の恐怖《きょうふ》に耐《た》えていた。

——やっぱり、ボクは助からないかもしれないな。

それは本当にイヤだった。だけど、ぺがさすちゃんが助からないのはもっとイヤだった。

せめてぺがさすちゃんには助かってほしい。らいおんくんはそう願った。

だが2人は地面に向かってまっすぐに落ちていく——。

突然《とつぜん》、らいおんくんの背中に何かが触《ふ》れた。ふわりと浮《う》かぶ感覚に、彼は思わず目を開けた。

「えっ!?」

彼の目に映ったのは、自分の背中をしっかりとつかむ大きな影《かげ》だった。その影の持ち主をたしかめようと顔を見上げたらいおんくんは、さらなる驚《おどろ》きに目を見開く。

「ええーっ⁉」

そこにいたのは、立派な翼《つばさ》を広げた大きな鳥だった。

その鳥は、らいおんくんの背中を足でつかみ、２人の体重を大きな翼で支え、空を舞《ま》った。


大地を揺《ゆ》るがす轟音《ごうおん》とともに塔《とう》が崩《くず》れ落《お》ち、街全体に粉塵《ふんじん》が舞い上がった。

その光景を、あごひげ、アフロ、ぞうくん、そしてわにくんが見守っていた。

先に塔《とう》を降りた、たべっ子たちとペロは、塔が完全に崩《くず》れる前に無事、脱出《だっしゅつ》していた。

今、彼らは息を切らしながら、道の先にいる、わにくんたちに向かって走ってくる。

「わにくーん！」「ぞうくーん！」「みんな無事だったわに？」「よかった」

ほんの１日ぶりの再会だったが、まるで長い年月を経たかのように感じられた。

わにくんは仲間たちを１人ずつ見渡し、首をかしげる。

「あれ？　らいおんくんと、ぺがさすちゃんはわに？」

ぞうくんが周囲を見回しながら言った。

「ひよこちゃんもいない」

「塔の上で別れたの……無事だといいけど」

きりんちゃんが不安そうに視線を落としたその瞬間《しゅんかん》、地面に大きな影《かげ》が通り過ぎた。

きりんちゃんが空を見上げると、太陽を背にして飛翔《ひしょう》する、大きな鳥の姿《すがた》があった。

「なにあれ？」

たべっ子たちが、次々と空を仰ぐ。

逆光の中に、大きな鳥と、ぺがさすちゃんを抱《かか》える、らいおんくんの姿が見えた。

ぞうくんが目を細めたのは、太陽がまぶしかったせいだけではなかった。


らいおんくんは自分の背中をつかんで飛ぶ、大きな鳥を見つめていた。

身体は燃えるような赤色。先端《せんたん》に向かって黄色へとグラデーションを描く大きな翼。堂々たるその体躯《たいく》は威厳《いげん》に満ち、その姿《すがた》は、まさに伝説の鳥フェニックスだった。

頭の上に、不釣《ふつ》り合いな卵の殻《から》がちょこんと乗っている。それに気づいたらいおんくんは、背中に向かって声をかけた。

「もしかしてキミは……ひよこちゃん？」

「ぴぃ！」

その声は、間違《まちが》いなくひよこちゃんだった。

「わは！　ぺがさすちゃん！　ひよこちゃんがフェニックスになっちゃったよ！　もしかして、これもキミの魔法《まほう》かい？」

ぺがさすちゃんは微笑《ほほえ》み、首を横に振《ふ》る。

「ううん、ひよこちゃんの思いが、そうさせたのよ」

空を覆《おお》っていた雲が薄《うす》れはじめた。空はしだいに明るくなり、雲間《くもま》から光が射《さ》した。フェニックスとなったひよこちゃんは、その大きな翼《つばさ》を広げ、ゆるやかな弧《こ》を描《えが》きながらゆっくりと舞《ま》い降《お》り、らいおんくんとぺがさすちゃんを地上へ下ろした。

ふたりに向かって、仲間たちが駆《か》けてくる。

ねこちゃんとうさぎちゃんが、ぺがさすちゃんに飛びつき、強く抱《だ》きしめた。

「おかえり、ぺがさすちゃん」

うさぎちゃんは、ぺがさすちゃんの身体に顔を埋《うず》め、目を閉じた。

ねこちゃんは、目を涙《なみだ》でいっぱいにしながら言う。

「よかったぁ、無事でぇ……」

きりんちゃんがボロボロ泣きながら、ぺがさすちゃんに近づいた。

「きりんちゃん、泣かないで」

ぺがさすちゃんが微笑《ほほえ》みかけると、きりんちゃんはしゃくりあげながら謝《あやま》った。

「ごめんなさい」

「あら、また謝る。悪いクセよ」

かばちゃんが言うと、ぺがさすちゃんたちは、声を出して笑った。

一方、さるくんはらいおんくんに飛びつき、なぜか拳《こぶし》を振《ふ》り上《あ》げてボコボコと殴《なぐ》り始《はじ》める。

「イテテテ、なに？　なんなの？」

「うるせえ、痛《いた》くないくせに！　殴らせろ」

らいおんくんは困《こま》った顔をしつつも、さるくんのパンチを受け止めていた。

「まったく、なにイチャついてんのよ」

かばちゃんが肩《かた》をすくめてため息をつく。

そんなみんなのやりとりを、ぞうくんが微笑ましく見守っていた。

「みんな、そろったわに？」

「わにくんごめん、翼《つばさ》、壊《こわ》れちゃった」

ぺがさすちゃんが申し訳なさそうに言った。

わにくんは優しく微笑《ほほえ》みながら答える。

「また作るわに」

「え？　わにくんが作ったの？」

さるくんが驚《おどろ》いたように目を見開いた。

——余談《よだん》だが、ぺがさすちゃんにオーディションのチラシを渡した張本人はわにくんだった。路上ライブで、らいおんくんの歌にそっとハモる彼女の声を耳にし、才能を感じとったわにくんは、オーディションへの参加をすすめた。「わたしなんか……」とためらう彼女の背中を押《お》すために、わにくんは機械の翼《つばさ》を作ったのだ。

だが、それはまた、別のお話……。


らいおんくんは振り返り、成長したひよこちゃんに目配せした。

ひよこちゃんは優雅《ゆうが》に羽ばたき、ぺがさすちゃんの背中へと舞《ま》い降《お》りる。そして、そっと彼女をつかむと、ふわりと空へ舞い上がった。

「わあ！」

ぺがさすちゃんは、驚《おどろ》きと喜びが入り混じった声を上げた。

らいおんくんは、そんな彼女の姿《すがた》を見上げながら、微笑んで言う。

「ほら、翼がなくたって、ボクたち仲間がいれば、大丈夫《だいじょうぶ》でしょ？」

「ありがとう、らいおんくん。ありがとう、みんな……」

ひよこちゃんは、大きな翼を羽ばたかせて、ぺがさすちゃんを空へと連れて行く。

街に集まる人々が、歓声を上げながら、その姿《すがた》を見上げていた。


その時、ゴーレムドンは、その背にマッカロンを乗せ、はるか上空を飛んでいた。

かつての邪悪《じゃあく》な表情は消え去り、今はただ、ゴッチャンの穏《おだ》やかな面影《おもかげ》だけがあった。

「なぜ助けた？」

マッカロンが静かにたずねる。

「だって、オレたち、友だちだろ？」

ゴッチャンの言葉に、マッカロンは一瞬《いっしゅん》息をのんだ。そして、ぽつりとつぶやく。

「……友だち、か」

その懐《なつ》かしい響《ひび》きを、マッカロンは、噛《か》みしめた。

スイーツランドの街では、解放された人々が、家族との再会を喜び合っていた。

塔《とう》の中に囚《とら》われていたお菓子海賊《かしかいぞく》の仲間たちは、大量のお菓子を盗《ぬす》み出《だ》してきて、それを周囲に配っている。その中には、あごひげとアフロの姿《すがた》もあった。

受け取ったお菓子は、また誰かへと手渡され、ひとつ、またひとつと、笑顔が生まれていく。

街は幸せに包《つつ》まれていった。

その光景を、少し離《はな》れた場所から、静かに見つめる小さな姿《すがた》があった。

ペロだ。

彼女は肩を落とし、ひとりで孤独《じどく》に耐《た》えていた。

――パパとママは、もしかして……。

最悪の事態が頭をよぎる。心がきしむように痛み、ペロは小さな拳《こぶし》をぎゅっと握《にぎ》った。

その時――。

「ペロー!」

「おーい、ペロー!」

懐《なつ》かしい声が耳を打つ。ペロは弾《はじ》かれたように顔を上げる。

遠くから、大好きな声の持ち主が、全速力でこちらへと駆《か》けてくる。

一年前にゴットンに連れ去られたママとパパが、今、ペロに向かって走ってくる。

ペロはあらん限りの力で地面を蹴《け》った。

足がもつれて転びそうになるペロを、両親がしっかりと受けとめた。

「ママ！　パパ！」

彼女は両親のいない日々に、ずっと耐《た》えてきた。寂《さび》しくて泣きたくなるたびに、ママとパパからもらったお菓子のことを思い出していた。その味は格別だった。

ペロにとってお菓子は、両親の記憶《きおく》そのものであり、心をつなぐ特別な存在だったのだ。お菓子の匂《にお》いに敏感《びんかん》なのは、遠く離れてしまったぬくもりを、探しつづけていたからだろう。

ペロは２人の胸に顔を埋《うず》め、声をあげて泣いた。

その光景を見守るたべっ子どうぶつたちの顔に、優しい笑顔があふれた。その時――。

ぐうううううう……。

らいおんくんのお腹が大きな音を立てる。

感動的な場面を一瞬《いっしゅん》にして台無しにして、らいおんくんの顔は真っ赤だ。

そんならいおんくんを見て、たべっ子たちは優しく微笑《ほほえ》んだ。

らいおんくんは、みんなにある提案をする。

「ねえみんな、そろそろおやつにしない？」

「さんせーい！」

たべっ子たちは声をそろえて跳《と》び上《あ》がった。

エピローグ

スイーツランド城は改装《かいそう》され、ファイナルコンサートの会場として新たな輝《かがや》きを放っていた。城の下にはステージが設置され、その前には広大な観客席が用意されていた。だが、それだけでは足りないほど多くの観客が集まり、あふれた人々は、通りに立ち並び、建物の屋上に腰《こし》を下ろし、家の窓から身を乗り出して、なんとかステージを見ようとした。

いまやスイーツランドの街全体が、コンサート会場となっていた。

夜の帳《とばり》がおり、コンサートが始まる時刻になる。

照明が一斉《いっせい》に落ちると、らいおんくんの力強い声が会場に響《ひび》き渡《わた》った。

「みんなあ、準備はいい？　ワールドツアー、ファイナルのスタートだ！」

その声と同時に照明が輝いた。金色のフィルムが吹《ふ》き上《あ》がり、夜空に舞《ま》った。スピーカーから重厚な音が響《ひび》き渡《わた》り、ノリのよい音楽がスタートする。

会場は一気に熱気に包《つつ》まれた。

観客席では、アフロとあごひげが、ペンライトを元気よく振り回していた。彼らの周りには、お菓子をいっぱい抱《かか》えた、お菓子海賊《かしかいぞく》の仲間たちもいる。

アリーナ席では、ペロと両親が、パフォーマンスを楽しんでいる。

会場の上空では、新しい翼《つばさ》をつけたぺがさすちゃんと、フェニックスに変身したひよこちゃんが、優雅《ゆうが》に飛び、舞《ま》い踊《おど》る。その美しさに観客たちは大きな歓声《かんせい》を上げた。

ステージの中央では、らいおんくんが最高の笑顔を観客たちに向け、歌声を響かせていた。

彼のたてがみは完全に元通りになっていて、ステップを踏《ふ》むたびにふわふわと揺《ゆ》れている。

ステージの前方では、ダンサーのゴットンたちが一糸《いっし》乱《みだ》れぬダンスを披露《ひろう》していた。そのセンターには、元の姿《すがた》に戻《もど》ったゴッチャンがいた。

黄色い体の彼は、ひと際《きわ》目立っており、観客たちの視線を引きつけていた。

観客たちの声援《せいえん》がさらに熱気を増す。それに興奮《こうふん》したきりんちゃんが、首を勢いよくブンブンと振り回した。

「イエーイ！」

勢《いきお》い余《あま》った彼女の首は、らいおんくんの背中に激突《げきとつ》する。

「ごめんなさい！」

「出た！　きりんちゃんの口グセ！　謝《あやま》るの禁止よ」

かばちゃんの指摘《してき》にきりんちゃんが「はーい」と笑う。そんな2人にさるくんは叫《さけ》ぶ。

「いや、それどころじゃねえっつーの、らいおんくんが！」

バランスを崩《くず》したらいおんくんは、前につんのめって、ゴッチャンに向かって走っていく。

「うわあー！　ゴッチャンどいてー！」

「え？」

ゴッチャンが振り向く間もなく、らいおんくんはゴッチャンに激突《げきとつ》し、ゴッチャンはらいおんくんのたてがみにべったりとくっついてしまった。

その姿《すがた》を見て、うさぎちゃんが言う。

「ふたりとも、なっかよしー！」

らいおんくんとゴッチャンが、声をそろえる。

「冗談《じょうだん》でもそんなこと言わないでよね！」

「冗談でもそんなこと言うんじゃねえ！」

けれど、そう話す２人の顔には、まんざらでもなさそうな笑顔がこぼれていた。

たべっ子どうぶつ THE STORY

2025年5月12日 第1刷発行

著
池田テツヒロ

絵
富樫一望

発行人
川畑勝

編集人
芳賀靖彦

企画・編集
目黒哲也

発行所
株式会社Gakken
〒141-8416 東京都品川区西五反田2-11-8

印刷所
中央精版印刷株式会社

DTP
株式会社 四国写研

［お客様へ］この本に関する各種お問い合わせ先

本の内容については、下記サイトのお問い合わせフォームよりお願いします。
https://www.corp-gakken.co.jp/contact/ 検索

［在庫については］TEL:03-6431-1197（販売部）
［不良品（落丁・乱丁）については］TEL:0570-000577
学研業務センター 〒354-0045 埼玉県入間郡三芳町上富279-1
［上記以外のお問い合わせは］TEL:0570-056-710（学研グループ総合案内）

学研グループの書籍・雑誌についての新刊情報・詳細情報は、下記をご覧ください。
学研出版サイト https://hon.gakken.jp/